恐怖箱

厭魂《えんこん》

つくね乱蔵 著

竹書房文庫

※本書に登場する人物名は、様々な事情を考慮してすべて仮名にしてあります。また、作中に登場する体験者の記憶と体験当時の世相を鑑み、極力当時の様相を再現するよう心がけています。現代においては若干耳慣れない言葉・表記が登場する場合がありますが、これらは差別・侮蔑を意図する考えに基づくものではありません。

まえがき

尻尾を巻いた犬

我が家は柴犬を飼っており、散歩は私の役目だ。犬の散歩というのは、気分転換に最適である。執筆に煮詰まると、連れ出す機会も多くなる。

犬にとっては有難迷惑かもしれないが、一応は嬉しそうに尻尾を振ってくれる。

ところが、この厭魂を書いている間は、散歩に誘っても動こうとしなかった。

尻尾も巻いたままだ。無理矢理連れ出すわけにもいかず、散歩は家族に任せていた。

そんな日々を過ごす中、遠方から友人が泊まりがけでやってきた。

この友人は、いたって豪放な輩であり、幽霊なんぞは端から信じようとしない。

が、我が家に泊まって二日目の夜。初めてそれらしきものを見たという。

友人は離れに泊まっていたのだが、その窓から我が家を見上げると、ベランダに黒いものがふわふわと固まっていたそうだ。「ヒジキのでかいやつ」と友人は説明した。

ちなみに、そのベランダに面した部屋では私が執筆中であった。

今日、久しぶりに犬を誘ったら以前のようにぶんぶんと尻尾を振って駆け寄ってきた。

これを読もうとしているあなた。犬の散歩は先に済ませておいてください。

目次

閲覧注意

西川さんが生まれ育った集落は、四方を山に囲まれていた。

当時は五十に届かぬ戸数しかなく、全体が一つの家族のようなものであった。

冠婚葬祭はもとより、盆暮れの行事も全員で助け合ったそうだ。

老人が多く、人手が足りないということもあったが、全員が参加することで集落の崩壊を防いでいたのである。

そんな中、参加者が限られる行事が一つだけあった。

山神様の祭りである。

要は豊作祈願の祭りなのだが、毎年これに参加できるのは限られた数名だけであった。

祭りは夜間に行われる。けれども、参加者以外は見ることすら許されない。

ただ、音は聞こえてくる為、ある程度の予想は付く。

祭りは皆が寝静まる頃に始まる。

しゃらしゃらと鳴る鈴の音、引きずるような足音、呟くように低く唱和される経文が近づいてくる。

それぞれの家の前に立ち、何事か祈り、遠ざかっていく。

それだけである。

祭りというからには祀られる存在があるはずなのだが、その名前すら伝わっていない。

事実、神社もあるのだが、どこにも名前は記されていない。

もしも名前が分かったとしても、口に出してはならない。

それどころか、祭りそのものを集落以外の者に伝えることも禁じられていた。


禁じられると人はどうしても知りたくなるものだ。西川さんの祖母がその類の人であった。

祖母は、老い先短いことが自分でも分かっており、最後の最後に気になっていた祭りを見ておきたかったのだという。

家族が止めたにも拘わらず、祖母は毛布をかぶって窓辺で待機した。

遠くからいつもの音が聞こえてきたのを切っ掛けに、カーテンを薄く開けて目を当てる。

間際で開けると気付かれるかもしれないと判断した上での行動である。

その途端、祖母は顔を離し、目が見えないと言い出した。

痛くも痒くもないのだが、いきなり灯りを消されたように真っ暗になったのだ、と。

当然、家族は脳の病気を心配した。けれど、目が見えない以外は全く異常がない。

夜明けを待って町の病院に連れていったのだが、医者も首を捻るだけであった。

祖母が祭りを覗こうとして目を持っていかれたという噂は、瞬く間に集落中に伝わり、西川さんの家はしばらくの間、肩身の狭い思いをしたそうだ。

その状態に反発したのが西川さんの兄、光雄さんであった。

当時、高校生だった光雄さんは、厳禁とされていた祭りのことを町に住む仲間に明かしてしまったそうだ。

仲間は極めて真面目に作戦を立て始めた。気分はまるで秘密諜報員である。

その結果。

直接見たら目を持っていかれるというのなら、録画したものを見るのはどうか。

山の神様とかいう奴は、ビデオカメラの存在など知らないのではないか。

この二点がまとまり、翌年を待つこととなった。

一年後、家族に止められないよう、ビデオカメラは物置に設置された。

例年、前を通る時間は殆ど変わらない。バッテリーの容量は十分である。

設置を完了した光雄さんは、早々に寝床に入ってゆっくり眠った。

翌日、いよいよ上映会開始である。これもまた家族に止められないよう、悪友の家に転がり込む。

再生ボタンを押す直前に、一人が逃げ出した。

残った三人は逃げた仲間を冷笑しつつ、画面に集中した。

鈴の音が微かに聞こえてくる。

確認できたのはそこまでである。三人全員が一斉に両目を抑えて倒れた。

自分一人だけならともかく、他に二人も失明者を出してしまい、事態は大揉めに揉めたという。

逃げ出して事なきを得た一人が光雄の計画だと白状してしまい、西川さんの家に失明した二人の親が怒鳴り込んできた。

西川さんの両親は知らぬ存ぜぬを貫き通した。見ただけで失明するなんて非科学的なことを仰ってもと正論を叩き返す。

「だったら、あんた今すぐそのビデオ見てみろ」

そう切り替えされ、言葉に詰まる。

「怖いのか。おかしいじゃないか、非科学的なんだろ」

尚もしつこく追及されて西川さんの父は逆上し、相手に殴りかかった。

何があっても手を出したほうが負けというのが社会の掟である。

結果、父は逮捕されてしまった。

世間一般から白い目で見られ、集落でも村八分である。

それでも西川家は踏ん張り続けようとした。少なくとも、光雄さん以外は。

光を失った光雄さんは自室に引きこもり、二カ月後に自殺した。

これが止《とど》めであった。自暴自棄になった父は、その年の祭りの日、神様が祀られてある社に車で突っ込んで火を点けた。

強く立派な父であったのだが、大黒柱が太ければ太いほど、折れたときの衝撃は大きい。

父が再び逮捕されたとき、母は限界を超えたらしく、家族を置いて家を出たきり行方を断《た》った。

祖母も、元はと言えば自分の好奇心が原因だと思い悩み、自分自身を追い詰めた挙句に自殺した。

父の再逮捕から僅か二週間で、西川さんはひとりぼっちになったという。


今現在、西川さんは都会の片隅でひっそりと暮らしている。

故郷を離れるときに、例のビデオカメラを持ってきたそうだ。

何もかもが嫌になったそのときには、動画をネットに上げるつもりだという。

帰りません

矢部さんは今年で三十五歳になる。

ふとした切っ掛けで入った水商売が肌に合い、それからずっと夜の世界に生きている。

これからどうするのか、考えたこともない。

故郷の両親は農業を辞め、貯金を切り崩して暮らしている。

年金と合わせれば、老人二人には十分すぎる生活であり、矢部さんが世話をする必要はなかった。

昼間の仕事に就こうと試みたこともあったが、役立つような資格も特技もなく、ひたすら職歴だけが増えていく。

そんな矢部さんだが、どうしても来てほしいと懇願されている就職先があるという。

もうすぐ出勤だけど、少しなら——という約束で話を聞かせてもらった。

「それがねぇ、山の神さんなんですよ」

矢部さんの故郷は山に抱かれるような位置にある集落だ。

その山の神様を祀る神社の神主になってほしいと頼まれているのである。

そもそもの発端は五歳の誕生日に遡《さかのぼ》る。

矢部さんはその日の早朝に姿を消した。

村中総出で探し回ったが見つからず、警察に通報しようとした丁度そのとき、山道をふらふら下りてきたらしい。

どこに行っていたのか問われた矢部さんは「神様のところ」と答えたそうだ。

当時の村長がそれを聞いて顔色を変えた。

山の神社は長い間、神主の役を担う者がおらず、空き家状態である。

神社といっても正式なものではなく、村が勝手に作ったものである。

けれども神主になった者は生活に不自由することはない。

村人が共同で金を出し合い、ある程度以上の暮らしは保証されていた。

神主になるにも特別な資格は必要ない。ただし、一つだけ条件がある。

神様は気に入った者にしか神主の役を任せないと言い伝えられてきたのだ。

気に入ったかどうかはすぐに分かる。

神様が嫌う者が神主になろうとしても、何らかの障害が起きるか、下手をすれば死ぬ。

実際に何人か不慮の事故で亡くなってからは、皆が敬遠するようになった。

「この子なら大丈夫かもしれん」

村長はそう言って、矢部さんの両親に将来は是非にと頭を下げたそうである。

それ以来、何かに付け両親や村人達に「将来の神主がそんなことでは困る」だとか「無茶をして身体を壊されたら元も子もない」などと注意されて育ってきたという。

それだけでも鬱陶《うっとう》しいことこの上ないのだが、更に嫌だったのは動物が近寄らないことであった。

犬や猫はもちろん、カラスや雀に至るまで、矢部さんには近寄ってこないそうだ。

一度、動物園に行ったときに、それまで喧噪状態だったサル山が一瞬にして静まり返ったらしい。

矢部さんにしてみれば迷惑な話だ。

高校を卒業後、いよいよ神主にと村全体が期待する中、矢部さんはありったけの金をポケットに突っ込んで、鞄一つで家を出た。

それきり故郷には戻らず、十七年が経った。

両親からは、神主の件はもう良いから帰ってこいと言われている。

そのほうが楽なことは重々承知の上だ。

それでもまだ帰れない。帰ってしまったら、両親の言葉など無視して、村中寄ってたかって自分を神主に仕立て上げるに違いない。

そうなれば、死ぬまで山の上だ。


「そんなもん、堪らないし」

そう言って矢部さんは出勤の支度を始めた。

矢部さんには、神様に気に入られた証とでもいうような能力が一つだけある。

人の心が読めるのである。神主の件はもう良いからという両親の言葉もすぐに嘘だと分かった。村人達が本心では自分を侮蔑していることも分かる。

それを最大限に活用できる場所が夜の世界であった。

支度をし終えた矢部さんは、美麗というしかない女性に変わった。

能力を使うと、金を使う客かどうかすぐに分かるそうだ。

おかげで売り上げはいつもトップだ。

何故、ホストではなくニューハーフを選んだのか訊くと、矢部さんはあっさり答えてくれた。

五歳のとき、神様にされたことが原因で性癖が歪んでしまったのだという。

「皆には言えませんでしたけどね、ハッキリ覚えてますすよ。神主なんて言えば聞こえはいいけど、要するに神様の稚児です。そんな奴の所に戻るはずないでしょ。親も村の奴らも全員が分かってるくせに酷いと思いませんか」

山の神様が不満を解消できないせいか、村は年々寂れていき、限界集落寸前である。

村が滅びるか、あたしが死ぬのが先か勝負です。

そう言って、矢部さんは小首を傾げて微笑んだ。

16

見ぃつけた

その日、池西さんは納品した機材のクレーム処理を終え、駅に向かっていた。

誰かのコンサートがあったらしく、九時を過ぎても道はごった返している。

人の群れをかき分けて進み、もう少しで駅というところで、池西さんは背後から呼び止められた。

振り返ると、笑顔で手を振る男がいる。

池西さんと同じぐらいの歳だ。

その笑顔が何故か懐かしい。池西さんは記憶の引き出しをまさぐった。

「ああ。何だ、なべちゃんじゃないか」

思わず言葉になった。渡辺良也、池西さんと同じ町内の幼なじみである。

十歳の頃の笑顔が、目の前の笑顔に重なった。

「なべちゃん、全然変わんないな」

「いけちゃんは……なんだその腹は」

かれこれ四十年ぶりである。人混みを離れて居酒屋に入り、再会を祝して乾杯となった。

お互いの近況から始まった会話は杯を重ねるごとに時を遡り、心は十歳の少年時代に戻っていく。

池西さんは当時抱えていた疑問を解決しようと思い立った。

「そう言えばなべちゃんさ、かくれんぼの達人だっただろ。どこにどう隠れても、あっという間に見つけたじゃん。あれはどうやってたの」

「聞いてもしょうがないよ。大したことじゃない」

「そう言わずに教えてくれよ。あれか、超能力的な奴か」

渡辺さんは豪快に笑い飛ばし、仕方ないなとばかりに話し始めた。


まずは当時遊んでいた場所を思い出せという。

言われた池西さんは再び記憶の引き出しを開けた。探るまでもない。

週に三度は行っていた。学校近くで待ち合わせ、自転車で向かう。

かれこれ、二十分近く走ったのではなかろうか。

そこは、小高い丘を囲むように森林が広がる場所であった。

地元の人達も余り足を踏み入れない為、池西さん達の恰好の遊び場になっていた。

よくやったのが、森を利用したかくれんぼである。

当時流行っていた忍者の漫画を真似て、それぞれが本気で隠れた。隠れる場所は豊富にある。木の葉を集めて埋もれる者もいた。皆、鬼になったときは見つけるのに必死になるのだが、渡辺さんだけは違った。どこに隠れようとも、あっさり見つけ出していく。ものの五分もかからず全員見つけてしまう為、最後には渡辺さんだけが鬼禁止となったぐらいだ。

「俺、最後には意地になってたからな。わざわざ朝早くに行って、穴掘ったんだぜ。そこに入って落ち葉で隠したら絶対に見つかるはずがないんだ」

そこまでやったにも拘わらず、真っ先に見つかってしまった。

もしかしたら、隠れるところを見ているんじゃないかと疑った一人が居残り、監視したこともある。

間違いなく渡辺さんは目を閉じ、背を向けていたそうだ。

あれが不思議でしょうがなかったんだ、さあ教えろ、今教えろと池西さんは更に詰め寄った。

「はいはい分かった、教えるから。あの森に小さい丘があったろ」

「あった。それがどうかしたか」

「いいから聞けよ。あれな、ただの丘じゃないよ。俺が思うに、古墳だな」

一番初めに森に入ったときから、強く感じていたという。

当時は十歳だから適切な言葉が見つからなかったが、今思うと【神聖な気】に満ちている場所だったと渡辺さんは感慨深げに言った。

池西さんも思い出してみたが、丘は丘だ。神聖な気など微塵《みじん》も感じなかった。

「その丘をおまえらは踏み荒らしただろ。だから、中で眠ってた人たちが怒ったんだろうな。おまえら一人一人にぴったりくっついてたんだよ。どこに隠れても、その人たちが空間に浮いている。俺はそれを目印にしたんだ」

長年の疑問がようやく解消されたのに、池西さんはこう言い返すしかなかった。

「はあ?」

そう返されるのが分かっていたらしく、渡辺さんは膨れ面で言った。

「だから聞いてもしょうがないって」

池西さんは三度、記憶の引き出しを開けた。

確かに俺達はあの丘を走り回った。あまつさえ、立ち小便もした。

丘のてっぺんに立つ木に向かって全員が、いやあのときこいつはいなかった。

というか、渡辺だけは丘に上がろうとしなかった。

「おまえ、だから丘に上がらなかったのか」

返事の代わりに渡辺さんは大きくうなずいた。

「何で教えてくれなかったんだ」

「教えたところで信じないだろ。ちなみに、今この瞬間もくっついてるよ。おまえの頭の上」

池西さんは思わず上を見た。が、見えるのは居酒屋の天井だけだ。

「見ないほうがいいよ。おまえには分からんだろうが、目が合ってる。凄く睨んでる」

慌てて下を向いた池西さんに向かって、渡辺さんは頭を下げた。

「悪いとは思ってるんだ。勘弁してくれ。多分だけど、おまえの人生って悪いほうばかり選んできてないか」

言われて池西さんは言葉に詰まった。自覚はある。今に至るまで、人生の節目に幾つかの選択肢があったが、何故か悪い結果ばかり選んできた。

高校や大学受験などはもちろん、就職や結婚などの大きなものに限らない。

食中毒で自分一人が重体になったこともある。

様々な思い出が、悪いほうばかり選んできたという共通点に括られてしまった。

他の仲間はどうだろうか。調べようにも、連絡先を知っているのは岡本という奴だけだ。その岡本も半年前に失業したらしく、今現在は連絡が取れなくなっている。

「心当たりあるだろ。それって、全部くっついてる人が選ばせたんだよ」

池西さんは、ようやく一つの言葉を絞り出した。

「そんなもん、偶然だ偶然」

渡辺さんは哀れむように微笑んで言った。

「違う。今日だって、あんなに沢山の人混みの中から、俺はおまえを見つけた」

「それだって、偶然見つけたんだろ」

だったら、と渡辺さんは立ち上がった。

「今からかくれんぼしよう。範囲はこの商店街。建物の中は勘弁してくれ、そこまでは無理だ。今から五分後に探し出す。ここは俺が奢っておくから、おまえはさっさと隠れろ」

池西さんは小走りに居酒屋を出て、辺りを見回した。

通りは人で溢れ返っている。正直、あの群れに紛れるだけでも見つからないと思えてくる。

だが、それではこの苛立ちは収まりそうにない。

池西さんは選びに選びぬいて、とあるビルの非常階段を上がっていった。

今までいた居酒屋が見渡せる場所だ。

行き交う人々をぼんやりと見下ろしながら、池西さんは己の過去を振り返った。

「くそ。何が悪いほうばかりだ。んなことあるか、良いことだって沢山」

そこから先が続かなかったという。

きっちり五分後、居酒屋から渡辺さんが出てきた。慌てて座り込む。

こうすれば、下を歩いている限り見えるはずがない。

というか、上を向いても見えないはずだ。

一分後。

非常階段を上ってくる足音が聞こえてきた。

「いけちゃん、見ぃっけ」

常備する理由

理恵子さんは夫の武志さんと別々の部屋で寝ている。

息子が独立し、部屋が一つ空いたのが切っ掛けである。

武志さんは体重増加とともにいびきが酷くなり、理恵子さんは眠れない夜が続いていた。

寝室を分け、ようやく快適な時間が得られたのだ。

満ち足りた睡眠に満足していた理恵子さんに、最近少しばかり気になることができた。

武志さんの腹痛である。眠っている間に腹が重くなってくるというのだ。

いわゆる一般的な腹痛とは症状が異なる。不快感やムカつきなどはない。

どちらかというと筋肉痛のような感覚があるという。

今朝も武志さんは腹を撫でながら起きてきた。

どうにも我慢できないような痛みではなく、日常生活が普通に営める為、却って医者に行きづらいらしい。

ちょっと見てくれと頼まれて確認したが、別段変わったところはない。

いつものでっぷりとした腹だ。もっとも、素人目にも分かるような異常なら、呑気にこんなことはやっていられないはずだ。

とりあえず一度、理恵子さんが武志さんの寝ているところを見てみることになった。

その夜。

武志さんは早々に寝床に就いた。そう言えば最近はいつも早く寝てしまう。

疲れたと言葉にするのも億劫な様子だ。

どこか内臓系に問題があるのではないかと案じつつ、理恵子さんは武志さんの寝室に向かった。

既に高いびきである。何があっても起きるとは思えないが、理恵子さんは用意してきた懐中電灯でベッドを照らした。

上手い具合に武志さんは仰向けに寝ていた。薄い夏布団を掛けている。

その腹部の辺りが異様に膨らんでいた。

幾ら太ったとはいえ、ここまで大きな腹ではない。

やはり何かの病気だった、早く医者に連れていくべきだった。

理恵子さんは素人判断で済ませていた自分を責め、急いで布団をめくり上げた。

「え」

その一言しか出ない。それほど不思議なことが目の前で起こっている。

あれほど膨らんでいたはずなのに、全く何の異常も見当たらないのである。

いつもの腹だ。もう一度じっくり見てみる。呼吸に合わせて動いている。

しばらく見ていたが、何も起こる気配はない。

さっきのはいったい何だったのだろうと首を傾げながら、布団を元に戻した。

その途端、またもや布団が膨れ上がった。

再びめくるが異常がない。三度目の繰り返しのとき、理恵子さんは気付いた。

腹部が何かを乗せたようにくぼんでいる。ただ、その何かが目には見えない。

震える手でもう一度、布団を掛けてみた。またもや膨れている。

思い切って、そのまま布団の上から触ってみた。丸くて硬い。

ボーリングの球ぐらいの大きさだ。

もう少し詳しく調べようと触った途端、手の下から忍び笑いが聞こえたという。

丸くて硬くて笑うもの。

理恵子さんの頭には、たった一つの答えしか浮かばなかった。

薄情なようだが、その場は悲鳴を上げて逃げるしかなかったそうだ。

理恵子さんの悲鳴で目覚めた武志さんは、何が起こったか分からない様子で後を追ってくる。

理恵子さんは居間に逃げ込み、追ってきた武志さんに叫んだ。

「ちょっとそこで止まって。こっち来ないで」

憮然とした表情の武志さんに、理恵子さんは自分が見たことを説明した。

くだらないことを——と言いかけた武志さんが、何かを思い出したらしく口を開けたまま黙り込んだ。

「そう言えば最近、変なおっさんの夢ばかり見る。顔が印象に残ってるんだ。というか、顔しか印象がない。なるほど、首だけだからか」

「どうすんのよ、あんなものどこで付けてきたのよ」

武志さんはしばらく考え込んでいたが、答えは見つからなかったようだ。

揉めていても仕方がない。それよりもアレをどうにかしようと話はまとまった。

とはいえ、相手は見えない。どこにいるか分からない。突然向かってくるかもしれない。

だからといって部屋を開かずの間にしておく訳にもいかない。

これといった方法が見つからないまま、いたずらに時間だけが過ぎていく。

理恵子さんは何だか腹が立ってきたという。

何故、あんなもののせいで私達がこれほど悩まなくてはならないのか。

考えれば考えるほど納得できない。何かできないか、何とかして一矢報いることはできないか。

何度も部屋を見渡し、思いを巡らせているうちに、馬鹿げた方法が一つだけ浮かんだ。

武志さんに提案したところ、とにかくやってみようとなった。

結果的にこれが大成功した。

理恵子さんは、燻煙式殺虫剤を寝室にセットしたのである。

姿が見えず、どこにいるか分からないのならゴキブリと同じと考えたのだ。

その夜はまんじりともせずに居間で過ごし、二人は翌朝恐る恐る寝室を覗き込んでみた。

当然ながら結果は目に見えない。理恵子さんは用意してきた小麦粉を撒きながら少しずつ進んでいった。

部屋の片隅にそれはいた。小麦粉を浴びて真っ白になった首だ。

ほうきで突いてみたが、ぴくりともしない。

一旦、ゴキブリと同じだと結論づけた為か、あるいは首だけだったせいか、殺してしまったとは思えなかったらしい。

まるで石膏像のようだと言いかけた理恵子さんだったが、大変に不細工な顔だった為、その感想は飲みこんだという。

首は武志さんがへっぴり腰でシーツに包み、ガムテープでぐるぐる巻きにした後、燃えるゴミと一緒に出したそうだ。

今のところ、二人には何事も起こっていない。

念の為、理恵子さんは大量の燻煙剤を常備しているとのことだ。

コインロッカー

その日、竹中さんは朝から調子が悪かった。

二日前まで風邪で寝込んでいたせいか、外回りの営業中に電車に酔ってしまったのだ。

何とか我慢できたのだが、改札を出たところで立っていられなくなり、とりあえず近くのベンチに座り込んだ。

通り過ぎる人の群れをぼんやりと眺めながら、むかつきが治まるのを待つ。

右前方はコインロッカーが並んでいる。

最近のは随分と進歩しているなと感心しながら眺めていると、真向かいのロッカーに女性が立った。

キャリーケースから必要な物だけを取り出し、手提げ鞄に入れ替えている。

仕分けを終えた女性は、ロッカーの扉を開けた。

何げなく目をやった竹中さんは、己が見たものが信じられずに顔を伏せた。

ロッカーから白い腕が這い出てきたのだ。作り物とは思えない質感を持った腕だ。

この女性の持ち物だろうか。あんな物、持ち歩いてどうするのだろう。

自分でも納得しかねる推測は、あっさり否定された。

腕が動いたのである。するすると伸びた腕は女性の身体をよじ登り、首に巻きついていく。

けれども女性には見えないらしく、ごく普通にキャリーケースをロッカーに詰め込み、扉を閉めて歩き始めた。

白い腕はマフラーのように垂れ下がっている。肩に繫がる部分が、もやもやとした煙のようであった。

今見たものは何だったのだろう。風邪薬の影響で幻覚でも見たのだろうか。

幾ら考えても答えは出そうにない。後ろ髪を引かれながら竹中さんは駅を出た。

交差点の手前に何か人だかりができている。路上に誰かが倒れているようだ。

見覚えのある女性だ。苦しそうに胸を押さえている。

つい先ほど、腕に巻きつかれていた人だ。

腕が現れた原因は分からないが、何をするのかは理解できた。

その駅で降りたのは、それから二週間後である。

改札を抜ける前から、例のロッカーが気になっていたという。

僅かな正義感からの行動であった。確認できたところで何ができるとも思えないのだが、くだらない噂話に仕立て上げ、身近な人達に警告ぐらいはできる。

その為の下調べと称し、わざわざ休日を丸一日潰す気で確認しに来たのである。

この前と同じように、竹中さんはベンチに座ってロッカーを監視し始めた。

休日だけあって、沢山の人がひっきり無しにロッカーを使用していく。

監視を始めて三十分経った頃、あのロッカーの前に若い男女のカップルが立った。

このとき初めて竹中さんは気付いた。

もしもまた、あの腕が現れて、あの人達の首に巻きついたらどうする。

呼び止めたところで、どう説明すればいいのか。

全くの無策で来た自分を後悔しながら、竹中さんは二人を見守った。

二人は旅行帰りらしく、テーマパークの大きな紙袋とキャリーケースを持っている。

それをロッカーに入れようとしていた。

女性のほうが扉を開けた。竹中さんは思わず腰を浮かせてしまったのだが、すぐに座り直した。

何もいない。空っぽの空間がそこにあるだけだ。

二人は何事もなく扉を閉め、仲良く手を繋いで駅を出ていった。

正直、拍子抜けしたという。
同時に自分の行為が愚かしく思え、竹中さんは立ち上がった。
去り際にもう一度だけロッカーに目をやると、年配の女性が扉を開けるところだった。
その足元に腕がにじり寄っている。
女性が開けたのは、一番右端だ。あのロッカーとは全く違う場所である。
腕は意外な素早さで女性の足から腰へ這い上がっている。
何が何だか分からないが、とにかく助けなければ。
だけど、どうやって。
竹中さんがためらっているうちに、腕はするすると女性の首に巻きついた。
もう間に合わない。それでも、もしもあの女性が倒れたらすぐに助けられるかも。
そう思い直した竹中さんは、女性の後に続こうとした。
その途端、腕は女性の首から離れ、ずるずると下に降りた。
良かった、助かったと思えたのはほんの一瞬であった。
腕はうねうねと蛇のように這い、竹中さんに向かってきたのだ。
竹中さんは悲鳴を堪え、必死で走り出した。
行き交う人々が何事かと見つめる中、竹中さんは赤信号を無視して交差点を渡り、ようやく逃げ切れたという。
振り向くと既に腕は見えなかった。
あの女性の元へ戻ったかもしれないが、確かめる気にはなれない。
これ以上関わらないほうがいいと判断し、竹中さんはタクシーを使って自宅に帰った。
念の為、今ではどの駅でもできる限りロッカーを避けているそうだ。
追いかけてくるほどの力があるのなら、あの駅に留まらなければならない理由もない。
そう信じての行動だという。

足湯

ちらほらと桜が咲き始める頃の話である。
美味いラーメン屋ができたと聞き、早野さんは散歩の足を向けた。
徒歩で五、六分の場所にあるビルの一角である。
長い間、空き店舗だった区画だ。
店主は若いが勉強熱心で、様々な工夫を凝らしたラーメンを出してくるらしい。
特にスープが絶品だという。
開店早々に行ったおかげで、テーブル席を陣取ってゆったりと楽しめた。
噂通り、スープが美味い。
すっかり気に入ってしまった早野さんは、休日の度に足繁く通うまでになった。
毎回、同じ時間、同じ席である。時には、ビールと餃子を頼んだりもする。
数えて七度目、その日は用事が片付かず、店に入ったのは十二時を過ぎていた。
このところ、評判が評判を呼び、店はほぼ満席である。
当然、テーブル席も埋まっており、辛うじてカウンター席が一つ空いているだけだ。

座ってみると、いつもとは違って厨房が奥まで見通せた。

手際良く麺を湯切りしている者、その奥で餃子を焼いている者、あと一人は大きな寸胴鍋に足を入れて立っている。

足を入れて。

「えっ」

小さく声が漏れた。隣席の男性が、何だコイツとばかりに視線を向ける。

早野さんは咳払いでごまかし、おしぼりで顔を拭い、もう一度厨房を見た。

間違いない。やはり、男性が寸胴鍋に足を入れて立っている。

他の店員は白衣なのに、その男だけが紺色の作務衣のような服だ。

混乱する頭で早野さんは、火傷を心配したという。

どんな顔で入っているのか気になり、目線を上げた早野さんは、自分が勘違いしていることを知った。

男は、寸胴鍋に立っているのではない。

首を吊ってぶら下がっている真下に、たまたま鍋があるだけだ。

餃子を焼いていた店員が、スープ作りに取り掛かった。

寸胴鍋に近づいて、中身をかき回す。その間、男の姿はふわりと揺らめいていたが、消えようとはしなかった。

店員が鍋から離れると、また静かに吊り下がる。

その様子を三度、見た。

「へいお待ち」

早野さんの前に盛大に湯気を上げるラーメンが置かれた。

そのラーメンと、吊り下がる男を交互に見つめた後、早野さんは席を立った。

腹痛を装って店員に詫びを入れ、きちんと支払いを済ませて、店を出る。

振り向きもせずに早野さんは、早足で自宅に戻った。

途中、我慢できずに少し吐いたという。

いつも満員だったにもかかわらず、そのラーメン屋は半年経たないうちに閉店したそうだ。

憧れの場所

永井氏は、このところ社内で避けられている。
昼飯時も一人きりだ。業績が悪い社員であったが、それが原因ではない。
ひたすら同じ話ばかりするのが鬱陶しいのである。
それは永井氏が通勤途上で見かける男の話であった。

永井氏は車で通勤していたのだが、接触事故を起こしてからはもっぱら電車である。
とある遅出の日に選んだのは、いつもの快速ではなく各駅停車であった。
一昨日から抱えている顧客からのクレームが、出勤する気持ちを鈍らせていたからだ。
結果としてその選択は成功であった。
いつもはすり抜ける駅に停車する度、窓の外には見慣れない景色が広がる。
ちょっとした旅気分である。それだけの単純なことで、何となく気分が晴れてきた。
大きな川に差し掛かったとき、河原で釣りをする男性が見えた。
ああ、俺もああやって平日の昼間から釣りがしたい。

傍らにビールとつまみを置いて、初夏の風を感じて。

永井氏は、のんびりと釣り糸を垂れる姿が羨ましくて堪らなくなった。

電車が川を渡ってからも、川がある方向をずっと見ていたという。

翌日は休日であった。永井氏はふと気になり、昨日見た川まで行ってみることにした。

川の近くの駅で降り、売店でビールとつまみを買い求め、適当に歩き出す。

ものの五分も歩かないうちに、土手らしきものが見えてきた。

少しわくわくしている自分に苦笑しつつ、階段を上る。

そこに現れた景色は、正に憧れた場所であった。

何と、驚いたことに昨日の男性がいる。今日も釣り糸を垂れているようだ。

何が釣れるか猛烈に知りたくなり、永井氏は思い切って話しかけてみた。

「あの、すいません。この辺りは何が釣れるんですか」

返事がない。男性は振り向きもしない。じっと川面を見つめたままだ。

永井氏は再度話しかけてみた。やはり返事はない。

確かに突然話しかけたこちらも悪いかもしれないが、少しぐらい相手をしてくれても良いのではないだろうか。

少々苛ついた永井氏は、男性の肩に軽く触れようとした。

その指がすり抜けた。これほどハッキリ見えているのに触れないのだ。

鳥肌が立つのと同時に、好奇心が湧いた。

永井氏は自分自身に呆れながら、色々な角度から男性を観察し始めた。

このときのことを話す度、永井氏は感に堪えない口調になる。

「本当に当たり前のようにそこにいるんだよ。苦しそうでもないし、誰かを恨んでる感じでもない。ただそこにいて釣りを楽しんでるんだ。何だか見ているうちに羨ましくてね」

生活の苦労も明日への不安も顧客の苦情もない。

ただ好きなことをしていられる。

それって素晴らしくないか。

永井氏はそうやってうっとりと話し終える。


残念ながら、その意見に同調する者は少なく、いつの間にか孤立していったらしい。

それから数週間が経ち、初夏の気配がいきなりの猛暑に破壊された頃。

永井氏は自らの命を絶った。

自分が抱えていた仕事の引き継ぎを終え、円満に退社したその日のうちに実行したという。

釣り用具一式を積んだ愛車での排気ガス自殺であった。

本人は満足かもしれないが、真夏の夜中である。

密閉した車内で死ぬなど、愚挙としか言えない。

発見されたときの遺体は、回収が困難なほど腐敗していたらしい。

葬儀は行われなかったが、共に働いていた同僚達は弔電を送ることにした。

今頃は彼も釣りを楽しんでいるんじゃないか。

その為に釣り道具も積んでいたんだろうな。

そう言って、何人かが生前の永井氏を懐かしむ中、畑中という男だけが鼻で笑った。

「バカな。永遠に魚が食いつかない釣りなんて何が楽しいんだ。そんなもんに憧れる程度の人生だから落ちこぼれるんだよ」

確かにそれは正論だと皆が同意したそうである。

不純な動機

岩本君の実家は、すぐ近くに海があった。
その為、岩本君は砂浜のジョギングを日課にしていた。
中学から高校に掛けて、毎日のように朝早くから走っていたそうだ。
おかげで、溺死体を目撃したことも何度かあったらしい。
不思議なことに、毎回決まった場所に流れ着くのだという。

高校生活最初の夏休みも半ばを過ぎた頃。
例によって走っていると、件の場所に人が横たわっているのが見えた。
近くには釣り人が二人立っており、警察に通報しているようだ。
近づいてみると、溺死体は水着姿の若い女性であった。
赤いマニキュアに彩られた指先が真っ先に目に付いた。
不幸中の幸いといっては何だが、溺死して間もないらしく、遺体は損傷が少なかった。
白くふやけて膨れ上がったりもしていない。

仰向けに寝かされ、顔だけがタオルで隠された状態であった。

日光浴中と言ってもおかしくないほどである。

水着が破れ、右の乳房が露出している。

岩本君は、女性の乳房を間近で見たのは初めてであった。

相手は溺死体だというのは分かっている。分かってはいるが、細かく観察してしまう。

乳房、腰、股間、太もも、じっくりと眺めている自分に気が付き、岩本君は慌てて視線を外した。

自らのおぞましさに呆れながらも、触りたくて堪らないという欲求が湧いてくる。

警察が到着したのを切っ掛けに、岩本君は振り切るようにしてその場を離れた。

海岸沿いの道路を折り返して戻ってくると、既に遺体は回収され、釣り人達も立ち去っていた。早朝の海岸は先ほどまで遺体があったとは思えない静けさだ。

置かれてあった辺りの砂が、まだ人の形に濡れている。

岩本君は、その砂を持って帰りたくなった。

あの身体が横たわっていた砂を持ち帰り、瓶に詰めて飾りたい。

自分でも訳が分からない衝動に駆られ、岩本君は濡れた砂をかき集めた。

かぶっていた帽子に入れ、更にタオルで包んだ。

宝物を扱うような慎重さで持ち帰り、早速、広口の瓶に移し替えた。
見ている分には単なる砂である。だが、自分だけは知っている。
これは水死した女が横たわっていた砂なのだ。
そう考えると、何やら自分が凶悪な殺人鬼になった気がしたという。
寝る前にも砂に向かって「おやすみ」というほど入れ込んでいた。
その夜、滅多にないことなのだが、岩本君は夜中に目が覚めてしまった。
その理由はすぐに分かった。部屋の中で何か音がしたのだ。
岩本君は起き上がり、灯りを点けた。
砂を入れた瓶の蓋が開いている。蓋が机の上に落ちた音で目が覚めたらしい。
落ちていた蓋を拾い上げたときに気付いた。
もぞもぞと砂をかき分け、何かが出てこようとしている。
知らない間に貝かカニでも捕まえていたのかもしれない。
外に出られると捕まえるのが面倒だ。そう判断した岩本君は、急いで蓋を閉めた。
一瞬遅れて、砂の中のものが頭を覗かせた。
「芋虫か」
違う、指だ。しかも、赤いマニキュアに彩られている指。

最初に見えたのが中指だ。続いて人差し指と薬指、更には小指が現れた。

誰の手なのか、容易に想像できる。あの女だ。

あれが出ようとしている。

岩本君は悲鳴を上げるのも忘れ、必死で蓋を押さえながら部屋を出た。

父も母も既に眠っており、家の中は静まり返っている。

とにかく外に出た。

蓋に掛かる圧力が増してきている。

どこかに捨てるしかないのだが、その場所に迷った。

家の周りは駄目だ。側溝に流してしまいたいのだが、コンクリート製の蓋は持ち上がりそうにない。

そのとき、天啓が閃いた。砂を捨ててもおかしくない場所がある。

岩本君は、路地を抜けて児童公園に向かった。

持ってきた瓶を砂場に置き、岩本君は後も見ずに逃げた。

自分の部屋に戻り、ようやく裸足で走り回っていたことに気付いたという。

何日か経ち、町内では妙な噂が広まっていた。

最初に目撃したのは、児童公園でデートしていたカップルである。

砂場に水着姿の女が寝ていたというのだ。

その後、岩本君は自分でも確認に行ったらしい。

月明かりに照らされた砂場に、確かにいた。

あのときと同じ水着姿で仰向けに寝ている。寝ているだけで、何かする訳でもなさそうだ。

冬になってもあのままかな、などと呑気なことを思いながら、岩本君は遠くからしばらく見ていたそうだ。

それからも、受験勉強に疲れたときなどに見に行ったという。

その習慣は、児童公園が新しく整備されるまで続いた。

砂場の砂も全て新しくされた為、女が現れることもなくなった。

岩本君はそうなる前に、砂を集めてどこかに移動させておこうかとも思ったらしい。

「供養というか、何か惜しい気がして。でも無理でした。どれがあの砂か分かんないし」

今でも岩本君は浜辺のジョギングを欠かさない。

もしかしたら、また次の砂が手に入るかもしれないからである。

次は自宅の庭に撒くと決めているそうだ。

そばにいるよ

浅野さんの家族は揃って犬好きである。

浅野さん自身はもちろん、奥さんの江梨子さんも人生を犬とともに生きてきたという。

いずれも血統書付きの立派な犬ではなく、何らかの事情で保護された犬を引き取っていた。

殆どが、身体のみならず心にも傷を負っている犬である。

だが、その傷を塞ぐ家族の優しさが浅野家には豊富にあった。


北斗と名付けられた大型犬も劣悪な環境で育った雑種であった。

以前の飼い主が執拗《しつよう》に虐めていた為、一片も人を信用していなかった。

傷が元で右目が潰れ、右後足も足首から先が腐って落ちている。

浅野家にやってきたときは、恐らく二度と人に慣れないだろうとさえ言われていた。

その言葉通り、北斗は勝手口に設えた隠れ家のような場所から片時も出てくることはなかった。

うなり声を上げず、ひたすら震えていることが受けた傷の深さを物語っていた。

氷の塊を体温だけで溶かすように長い時間を掛け、北斗は少しずつ浅野家の一員になっていったのである。

中でも一番の仲良しは娘の友美ちゃんであった。

最初はおずおずと、終いにはまるで守護神のように北斗は友美ちゃんから離れようとしなかったという。

事実、北斗には他の犬と違う能力があった。

危険な場所や人物を察知し、友美ちゃんを守るのである。

具体的に見た目が危険というだけではない。北斗は何でもないような場所でさえ、威嚇《いかく》するように唸ることがあった。

何が見えているのか興味を覚えた浅野さんは、常にデジタルカメラを持ち歩くようにした。

それが役に立ったのは、家族で海に出かけたときのことだ。

十月半ばの日曜日、浜辺には浅野さん一家だけだ。

高く澄み切った秋の空が水平線で海と混じり合っている。

誰もいない砂浜で友美ちゃんは、本人曰く夢の城を作り始めた。

そのときである。傍らで潮の匂いを嗅いでいた北斗が、波打ち際を睨みながら唸り出した。

待ってましたとばかりにシャッターを押す。念の為、連続で撮れるように設定してあった。撮れたばかりの画面を確認し始めた浅野さんは小さな悲鳴を上げ、カメラを放り出して友美ちゃんの元へ走った。

呆気に取られていた江梨子さんも画面を見て悲鳴を上げた。

人の目には見えないものがすぐ側にいる。

今まさに身を起こそうとしている瞬間が連続撮影されていた。

何も着ていない男だ。頭には毛髪がなく、歯を剥き出して笑っている。

波打ち際まで泳いできたらしく、水滴が滴っている。

男は、何とも言えない嫌らしい目で友美ちゃんを見つめていた。

父親の剣幕に驚いた友美ちゃんが大声で泣き出したが、浅野さんは構わずに抱き上げて走り出した。

振り返ると北斗が低く構え、いつでも闘える体勢に入っている。

身体を張って守り抜く姿だ。

江梨子さんに荷物をまとめさせ、浅野さんは友美ちゃんを抱いたまま駐車場に急いだ。

車に乗り込み、浅野さんは大声で北斗を呼んだ。

右の後足が欠けている為、北斗は走るのが遅い。それでも懸命にこっちに向かっている。

浅野さんは、ルームミラーに引っ掛けてあった交通安全の御守りを外し、北斗を迎えに出た。

交通安全の御守りなど失笑ものだが、そのときは必死だったらしい。

もちろん、男の姿は見えない。それでも構わず、御守りを掲げ、南無妙法蓮華経と絶叫して進む。

北斗が車に飛び乗るのを確認した浅野さんは、転げそうになりながら自らも北斗に続いた。

車が街中に入り、しばらく唸り続けていた北斗はようやく落ち着いた。

道路脇に車を停め、浅野さんは感謝を込めて北斗の頭を撫でたという。

それからも北斗は見えない何かから家族を護り続けた。

時には酷い傷を負うこともあり、浅野さんは何度となく止めさせようとしたのだが、北斗は自らを投げ出すことで恩を返しているようであった。

こうして北斗は八年に亘り家族を護り続け、先月末、眠るように息を引き取った。

我が家に犬がいなかったことはないという浅野家であったが、今のところまだ北斗の代わりを探そうとはしていない。

それほど掛け替えのない存在だったというのもあるが、今でも北斗が友美ちゃんを守っているというのだ。

北斗が亡くなってから数日後、友美ちゃんは中学の入学式を迎えた。

桜の下で撮影した画像を確認し始めた浅野さんは、思わず声を上げた。

友美ちゃんの足元に寄り添う影がある。

黒い影だが、北斗にしか思えない。

画像を見た江梨子さんも友美ちゃんも涙をこぼしている。

おまえは死んでからも俺達を守ってくれるのか。

そう言って、浅野さんは人前も憚《はばか》らずに泣いたという。


つい先日のこと。

浅野家はピクニックに出かけた。

広い芝生には、他にも数組の家族連れがいる。

その中に五歳ぐらいの女の子がいた。女の子は、不思議そうに友美ちゃんを見つめている。

もしかしたら見えているのかなと思った浅野さんは、女の子に話しかけた。

「こんにちは。ねぇ、もしかしたら何か見えてるのかなぁ」

女の子は、こくりとうなずいて答えた。

「あのね、へんなのがいる」

そう言って、四つん這いになる。

ああやっぱり。浅野さんは胸が熱くなるのを感じたという。

「大丈夫、君に見えてるのは、おじさんちで飼ってたワンちゃんだから」

そう教えたのだが、頬を膨らませて不満そうだ。

「ワンちゃんじゃないよ。はだかのおじさんが、こうやってわらってるの」

女の子は歯を剥き出して笑った。

52

遺品整理

その日、奥田さんは母に頼まれ、祖母の家を目指していた。

目的は先日亡くなった祖父の遺品整理である。

自らコレクターを名乗る祖父は、何でもかんでも集めて悦に入るのが趣味であった。

いわばコレクションのコレクターだ。

切手、コインは言うに及ばず、マッチ箱や箸袋に至るまで、次々に集めるのである。

それ専用の部屋を設け、亡くなる直前まで何かを集めていたという。

持ち主がいなくなった以上、そのまま放置しておく訳にもいかない。

売れるような物があるとも思えないが、万が一ということもある。

年寄りでは目利きができないから、一度見てあげてほしいと頼まれたのだ。

到着した奥田さんは、とりあえず部屋に入ってみた。

何から何まであるのよという母親の言葉を疑った訳ではないが、大袈裟だなぐらいは思っていたからである。

ところが母の言葉に間違いはなかった。

八畳の部屋がまるで個人博物館のような状態である。

少しでも流行ったものがあれば、とりあえず一、二個はあった。

分類するだけでも大仕事である。これはえらいことを引き受けてしまったなと後悔しつつ、奥田さんは本腰を入れた。

その甲斐あって、少しずつではあるが整理は進んでいく。

残念ながら、素人目でも分かるぐらい金目の物は見当たらない。

切手やコインなどは知識が必要な為、一カ所に固めておいた。

ようやく目に見える箇所が片付き、いよいよ押し入れである。

ちらりと確認した時点では、段ボール箱が隙間なく埋められていた。

ただ、箱に但し書きが記されているようなので、案外簡単に済む可能性もあった。

一つずつ取り出し、但し書きと中身が一致しているか確認していく。

演歌と書かれた箱には、シングルレコードが丁寧に詰め込まれてあった。

同じく落語と書かれた箱には、落語を録音したと思しきカセットテープ。

どうやら簡単に済みそうだと喜び勇んで、次の箱を見た奥田さんの手が止まった。

但し書きに『髪の毛』とある。

「何だそりゃ」

口をついて出るのも当然である。カツラや付け毛の収集なんて流行ったかなと首を捻りながら、奥田さんは箱を開いた。

ぐへ、と妙なうめき声を上げ、奥田さんは箱から手を離した。

中にあったのは、確かに髪の毛である。ただし、大量の。

ミカン箱程度の大きさに、ぎっしりと髪の毛が詰め込まれている。

もう一度よく確認してみたが、どう見ても人の髪だ。それらを束ねることなく、無造作に詰め込んでいる。

奥田さんは、恐る恐る摘みあげてみた。艶といい、コシといい、間違いなく髪の毛である。何よりの証拠として、根元に肉片が付いているものが数本あった。

これ以上、自分で判断ができそうにない。

奥田さんは居間で待つ祖母の元へ急ぎ、事情を説明した。

全て聞き終えるまでもなく祖母は、ああそれはねと、のんびり説明し始めた。

祖母曰く、あの髪の毛は半年に一度の割合で送られてきていたのだという。

余りにも溜まった為、一度だけまとめて捨てたことがあるそうだ。

その夜、枕元に着物姿の女性が立った。

女性は自らの手で自分の髪の毛を引きちぎり、二人に差し出した。

「あんまり私が怖がったもんだから、じいさん捨てられなかったんだろねぇ」

祖母自身はその女性に見覚えはなかったが、祖父のほうは記憶にあったらしい。

苦々しげに舌打ちしたのを覚えているそうだ。

祖父が亡くなったから、もう送られてくることもないだろうと祖母は言ったが、奥田さんは念の為に残しておこうと判断した。

次の箱は少し小さめである。但し書きには『爪』と記されてあった。

嫌な予感しかせず、ためらいながら奥田さんは箱を開けた。

中に入っていたのは、但し書きの通り、大量の爪であった。

生爪を剥がしたらしく、これもまた肉片がこびりついているものが見えた。

「じいちゃん、あんたいったい何したんだよ」

奥田さんは、そう愚痴るしかなかった。

ようやく最後の箱である。

慎重に取り出し、但し書きを見る。

奥田さんは箱を開けず、そのまま綺麗に新聞紙で包んで元の場所に戻した。

但し書きは『胎児』と記されてあった。

56

冷めないうちに

突然の訪問者は見るからに貧相なスダレ禿げの男であった。

先ほどから久保さんは記憶をたぐっている。だが、断片すら引っ掛からない。

会社に直接来たからには仕事上の関係者だと思うのだが、どうにも思い出せない。

「あの、大変申し訳ありませんが、どちらのお取引先で」

途中まで言いかけたところで名刺が差し出された。

日和物産総務課・伊東茂之。所属と名前は分かったが、依然として自分との繋がりが分からない。

伊東と名乗る男は、ポケットから新たな一枚を取り出して商談室のテーブルに置いた。

名刺ではない。写真だ。男女が一組写っている。どちらもよく知っている顔だ。

男のほうは自分自身。女は不倫相手の麗子である。

どうやら二週間前に行ったレストランで撮られたらしい。

「伊東麗子。私の妻です」

久保さんの口は『え』の形のまま閉じなくなった。

伊東は感情の読めない顔で会話を続けた。

「いつも妻がお世話になっております。ありがとうございます。今日はお願いに参りました」

ヤバいヤバいヤバい
こいつマジか
いつ撮られたんだ

その三つが交代で頭を巡っていたという。

とにかくこの場をしのがないと現在も将来も粉々に壊れてしまう。

久保さんは白を切る覚悟を決めた。

「伊東麗子さん。ああ、私が以前出向していた工場の方ですね。存じてますよ」

この日は、と久保さんは写真を指で押さえ、言葉を続けた。

「御家庭のことで御相談を持ち掛けられましてね。そのときの写真ですな」

これは事実である。麗子はいつも家の不満を垂れ流していた。

特におまえだ、おまえ。

一度ぐらい嫁さんを満足させてみろよ。

久保さんは、目の前のスダレ禿げに対して胸の中では冷笑し、表面上は優しく微笑みかけた。

「ありがとうございます。本当に御迷惑ばかり掛けて。私、感謝しとるんですよ。このところ麗子は、私の母とも上手くやれるようになってきてたんです。笑顔も見せていた。それもこれも全て久保様のおかげです」

伊東は深々と頭を下げ、スダレ禿げを十分見せつけてから顔を上げた。

「それでですね、今日は感謝の気持ちといっては何ですが、贈り物がありまして」

言いながら鞄に手を突っ込む。久保さんは少し椅子を引いて、いつでも立ち上がれるように体勢を整えた。

鞄の中から包丁が出てくるかもしれない。そう考えたのだという。

が、伊東が取り出してきたのは、綺麗にラッピングされた小さな箱らしきものであった。

「どうぞ開けてみてください」

相変わらず感情を読ませない顔をした伊東に促され、久保さんはそれを手に取った。軽い。何も入ってないような重さだ。リボンを解き、包み紙を開く。

現れたのは、手のひらに乗るぐらいの小さな箱である。

僅かに鈴蘭の香りが漂う。麗子が普段付けている香水の匂いだ。

箱の中を確認した久保さんは、のけぞってうめき声を上げた。

中に入っていたのは、第二関節の下で切断された指であった。

「麗子の小指です。本人が自ら切り落としました。久保様とは、運命の赤い糸で繋がれているからと申しておりましてね」

「これをどうしろと」

久保さんは、震える声で一言だけ返した。

「肌身離さず持っていてほしいそうです。本人の最後の願いでしてね、どうか叶えてあげてください。それではこれで失礼いたします」

伊東は再び深々と頭を下げ、商談室から出ていった。

いつまでも座っている訳にもいかず、久保さんも立ち上がった。

箱をこのままにはできない。社内のゴミ箱に捨てるなどは論外だ。

コンビニの袋にでも入れて、駅のゴミ箱に捨ててしまうのが最も自然だと思える。

一旦、スーツのポケットに隠し、久保さんは自分の席に戻った。

人の目を盗んで鞄に移し替える。とりあえず今のところはこれが精一杯だ。

何食わぬ顔で仕事を始めたが、麗子のことが気になって仕方ない。

最後の願いとは何だ。

自ら指を切り落とすなんてことができるのか。

自傷行為ならともかく、あのスダレ禿げが無理矢理やったとしたら立派な犯罪じゃないか。

この場で考えていても仕方ないとは知りながら、それ以外のことが考えられない。

警察に通報もできない。麗子に連絡を取る訳にもいかない。監視下に置かれているに決まっているからだ。

色々と思いを巡らせているうち、久保さんは、麗子がどこに住んでいるのかすら知らないことに気付いた。

ほくろの位置や乳房の形はありありと思い出せるのに、基本的な情報が皆無なのだ。

自ら招いた八方塞がりの状況なのだが、久保さんの胸の中には身勝手な愚痴が溢れてきた。

くそ、そもそも誘ってきたのはあいつのほうじゃないか。

貧相なマザコン男なんかと結婚して大損したとか、人生を埋め合わせたいとか。

とにかく保身だ。自分を守らなければ。麗子がどうなってようが、そんなもん知るか。

そうやって徹底的に冷たく突き放すことで、ようやく肝が据わったという。

その日の仕事を適当に終え、久保さんは駅前のコンビニに急いだ。

これで袋は手に入った。駅の改札を抜け、階段の下へ向かう。

そこのゴミ箱なら目立たずに捨てられるはずであった。

人の波が一瞬途切れた。今まさに捨てようとした瞬間、携帯電話が鳴った。

画面に表示された名前を見て、久保さんは戸惑った。

麗子である。

戸惑いは安堵と怒りに変わった。

「おい、どういうことだよ。今日、おまえの旦那が来たんだぞ」

返事がない。妙に雑音が多い。

「聞いてんのか。返事しろよ。それとこれ何だよ、気色悪い。これ、ほんとにおまえの指なのか」

ようやく麗子が返事を返した。

「あたしのよ。ほら、この指」

すぐ真後ろで声がした。振り向くと麗子が立っていた。

パジャマ姿で左手を差し出している。小指があるべき場所から血が溢れて落ちている。

悲鳴を上げそうになった久保さんは、慌てて下を向いて口を押さえた。

顔を上げたとき、既に麗子は消えていたという。

床を汚したはずの血は一滴も残っていなかった。

とにかく座ろう。どうするか座って考えよう。

自分にそう言い聞かせて、久保さんは近くにあったベンチに座った。

それを待っていたかのように、隣に座る者がいる。

ちらりと横目で確認するつもりが、思わず凝視してしまった。

そこにいたのは伊東であった。

「ほんとにもう、だらしない女だな。せめてパジャマだけでも着替えたらいいのに」

口調は怒っているが、相変わらずの無表情である。

「あんたなんでここに」

久保さんの質問に、伊東は前を向いたまま答えた。

「偶然ですよ。偶然」

「偶然ってそんなはずあるか」

伊東は顔を横に向け、声を荒らげる久保さんをじっと見つめて言った。

「そんなことより久保さん。指、捨てちゃ嫌ですよ。麗子がせっかく痛い思いをしたんだから」

そこで伊東は初めて笑顔を見せた。

「捨てたりしたら、麗子が何するか分かりませんよ」

伊東はすぐにまた無表情に戻り、それじゃまたと言い残して歩み去った。

あとに残された久保さんは指の入った箱を握りしめ、どうしたらいいか迷った。

もう一度ゴミ箱を試す勇気はない。かと言って、自宅に持ち帰って妻や娘に見つかったときのことも想像したくない。

肌身離さず持っていれば良いのだろうが、いったいそれはいつまでだ。

それでも今のところはそうするしかないのだろうと諦め、久保さんはのろのろと立ち上がった。


帰宅早々、娘が飛びついてきた。

「おかえりなさい、パパのおともだちきてるよ」

「友達？　誰だ、いったい」

そう言えば玄関先に見慣れない紳士靴がある。

夕飯の準備中らしく、エプロン姿の妻が手を休めて出迎えに現れた。

「お疲れさま、会社の方、来られてるわよ」

居間で待っていたのは、その日三度目の伊東であった。

それまでの無表情が嘘のように、満面の笑顔である。

「お帰りなさい。お先にやってますよ」

そう言って伊東はビールが入ったグラスを持ち上げた。

「おや、伊東さん。いいんですか、お家のほうは。お忙しいんじゃないんですか」

精一杯の皮肉を言うしかない。

「ええ、私も遠慮したんですけどね、奥様が晩御飯を是非にと」

思わず舌打ちしかけ、久保さんは咳払いでごまかした。

とにかくこの場はやり過ごすしかない。後のことはじっくり考えよう。

これ以上何かやるつもりなら、脅迫されたと弁護士を立ててもいい。

そこまで気持ちを整理し、久保さんは夕餉《ゆうげ》の卓を囲んだ。

食卓には鍋が用意されている。

「いい手羽元があったの。塩ちゃんこにしたわ」

「おお、いいですなぁ、ちゃんこ鍋。奥さん、お料理上手で羨ましい」

こんな笑顔を持っていたのかと感心するぐらいの上機嫌な様子で、伊東は鍋を見つめている。

「うちのもなぁ、少しは料理の勉強でもすりゃいいのに。さて、いただきましょうか」

おっとその前に、そう呟いて伊東は席を離れ、久保さんを手招いた。

「ちょっと仕事の話を済ませてしまいますわ。すいませんなぁ、すぐ終わりますんで」

玄関を出たところで伊東は本来の無表情に戻り、独り言のように呟いた。

「麗子がね、心配で心配で仕方ないいってんですよ。久保さんが指を捨てちゃうんじゃないかって。私ね、叱ってやったんです。久保さんを疑うなんてとんでもない。肌身離さず持ってくれてるに決まってるって。なぁそうだろ、麗子」

突然、伊東は久保さんの背後に向かって声を掛けた。

「そうだとは思うんだけど」

振り向かなくても麗子の声だと分かったという。

「でも、どうしても信じられないってんなら、私に一つ良い考えがあります。それをやってくれたら、麗子はこのまま姿を消しますよ。な、いいよな」

「もちろん」

乾いた唇を舐め、久保さんは掠れた声でどうしたらいいか訊いた。

「晩御飯食べましょう。私は手羽元を頂戴します。久保さん、あなたは指を食べなさい。骨は丸飲みすりゃいい。そうすれば肌身離さずどころか、麗子はあなたの肉となり血となる」

麗子がくすくすと笑っている。伊東もこれ以上ないぐらい素敵な笑顔だ。

久保さんだけが下手くそな笑顔を見せていた。

妻が自慢の腕を振るった鍋から湯気が立っている。
まずはビールで乾杯だ。
久保さんは麗子の指を白菜で隠し、豆腐の下に沈めた。
余り時間はない。妻や娘に見つかったら終わりだ。
三分後、久保さんは白菜ごと指を取り出し、自分の器に入れた。
伊東がにこやかに言った。
「冷めないうちにどうぞ」

ぶれる

早川さんは、この春に不思議な体験をしたという。

事の発端は箸だ。

家族揃っての夕食時、早川さんは家族それぞれの席に食器と箸を並べた。

毎日やっていることであり、どの箸が誰のものか迷ったりはしない。

「お父さん、僕とお母さんの箸間違ってるよ」

息子にそう言われてしまった。見ると、何も間違えていない。

それぞれの席にそれぞれの箸がいつものように置いてある。

「え。これで合ってるだろ、大丈夫かおまえ」

そう茶化したが、息子は怪訝《けげん》そうな顔で切り替えした。

「だったらお母さんに訊いてみなよ」

「もう。何つまんないことで揉めてんのよ。はい、あなたの負け。あたしの箸は買ったときからずっとこれでしょ」

言われて早川さんは、買ったときのことを思い返した。

久しぶりに二人きりで出かけたときだ。

そのときの妻の服装と、こっちの柄が好きだと選んでいた記憶が鮮明に浮かぶ。

早川さんがそう言うと、今度は妻が怪訝そうな顔を見せた。

「ちょっとー。惚《ぼ》けるのはまだ早いわよ。あたし、そんなこと言ってないってば」

「それ言ったの僕だけど」

息子が呆れた瞬間、その記憶も蘇ったという。

そうだ。あのとき、息子もいた。

確かに息子はそう言っていた。

よく似た柄だから、間違えないようにしなきゃなと言っている自分も思い出した。

それなのに、二人だけの買い物で妻が選んでいたという記憶にも自信がある。

どちらも間違いなく、自分の過去にある出来事なのだ。

その場は妻と息子に合わせた早川さんだったが、心の奥にしまい込んだ違和感は、すぐにまた現れた。

今度は実印を探している最中のことだ。

いつも入れている引き出しに見当たらず、早川さんは妻に置き場所を訊いた。

「実印？　いつもここに入れてるでしょ」

妻はあっさり出してきた。

「忘れちゃいけないから、ここに入れておく。自分でそう言ってたじゃない」

そうだ、その通りだ。その場所を選んだ理由もはっきりと思い浮かぶ。

それなのに、最初に確認した引き出しが正しいという思いも消せない。

二重に存在する記憶。そのいずれもが正しく、いずれもが間違っている。

気になった早川さんは自分で色々と調べてみた。

妻が言うように、惚けの始まりかもしれない。

どうやら記憶障害とか、解離性人格障害などとは違うようだ。

そのどちらもが、記憶を失ってしまう症状だ。

早川さんは記憶を失ったりはしない。二つある記憶のどちらもが両立している。

それ以降、日々の暮らしのちょっとした場面で、記憶がダブることが増えてきた。

致命的なトラブルに発展するようなことではない為、早川さんはそのまま放置してきたという。

つい先日のこと。

妻が何かを探し回っていた。確定申告用の書類をどこに片付けたか忘れたらしい。

「ほい、ここだ」

普段、滅多に見ないであろう本棚の上に置いてあった。

「ああそうだった。封筒開けた途端に妹が訪ねてきたのよ。何となく見られるのが嫌で、見つからないようにそこに置いたんだっけ。そのまますっかり忘れてた」

それにしても、と妻は続けた。

「よくこんな高い場所が分かったわね」

言われて早川さんも不思議に思った。今も、椅子を持ってきて取ったぐらいだ。

当然、妻がそこに置いた場面は見ていない。

ここ最近、本棚に近づいたこともない。分かるはずがないのだ。

天井付近から下を見下ろさないと分からない場所である。

更に記憶を探ってみた。

書類の他に、干からびた油虫の死骸があったのをこの目で見た気がする。

恐る恐る確認した。

死骸は記憶にあった通りの場所に転がっていた。

「結局、原因不明なんだよ。まぁ、特に困ったことは起こってないからそのままにしているんだ」

早川さんの体験談はそう結ばれた。

最後に早川さんは一枚の写真を見せてくれた。

家族旅行の際に撮ったものだ。

朗らかな笑顔を見せる奥さんと息子さんに挟まれ、早川さんの姿だけが激しくブレていた。

「いつ撮ってもブレるんだ。最近じゃ嫌になっちゃったから写真は断ることにしている」

試しに並んで撮ってみたのだが、見事に早川さんだけがブレていた。


それから数週間ほど経ち、すっかり秋めいた頃。

突然、早川さんの訃報が届いた。首を吊ったのである。

遺書は残されていなかった。

「俺は俺なのか。本当にここはここなのか」

そう言って、塞ぎ込むことが多かったらしい。

発見されたとき、見開いた目が本棚の上を睨みつけていたという。

72

交換条件

二〇一五年の夏のことだ。

猛暑を通り越して激暑と呼ばれる中、武藤さんは道路工事の現場で働いていた。

作業員ではなく交通誘導の警備員である。

連日の猛暑は確実に体力を奪っていく。

立っているのがやっとの状態の中、武藤さんは自らを機械と化して働き続けていた。

そもそも、警備員に個別の人間性は要求されない。似たような制服を着て、同じ動作を繰り返しているのだから、機械と同じだ。

武藤さんもそう割り切っていたのだが、その日は違った。

停止した車の中から、親しげに声を掛けられたのだ。

見るからに高級車である。そんな車を乗り回すような知り合いなどいない。

その運転手は窓から顔を出し、「むとぅちゃん、久しぶり」と笑った。

独特な言い方と甲高い声が一瞬にして記憶を呼び戻した。

「前嶋か」

「いや懐かしいなぁ。とりあえず行くけど、あとで連絡してよ」

武藤さんに名刺を渡し、前嶋は走り去った。高級車の持ち主に相応しい和紙作りの名刺の肩書きには、相談役と記されてあった。

武藤さんは正直、迷ったという。余りにも相手と自分がかけ離れていたからだ。

それでも最終的に連絡を取ったのは、懐かしさというよりは良い酒が飲めるかもという情けない理由であった。

事実、前嶋が指定した場所は、大多数の一般人が近づくことすらないような会員制の店であった。

持っている中で一番まともなスーツを着てきたのだが、みすぼらしさは隠しようもない。

前嶋はいたってカジュアルな姿なのだが、明らかに武藤さんのスーツとは一桁違う服だ。

携えた大きめの鞄も高級品の香りを漂わせている。

街の灯りが遥か下に見える席で、二人はグラスを合わせて再会を祝した。

大学卒業後、一度会ったきりだから、かれこれ二十年ぶりである。

となれば互いの近況報告となるのだが、武藤さんには語るべき歴史はない。

卒業後は親の仕事である印刷業を継ぐつもりであったが、吹き始めた不況の風をまともに受け、工場は卒業を待たずして潰れた。

遅い出足の就職活動が捗《はかど》るはずはなく、武藤さんは何年もフリーター生活から抜け出せなかった。

ようやく見つけた講師の仕事でどうにか人並みの生活ができるようになった。結婚し、娘ができたのもその頃である。

だが、二年前に塾そのものが閉鎖されてしまった。

それ以来ずっと旗振りである。

たったそれだけの人生だ。

妻と娘がいなければ、とっくに浮浪者の道を歩んでいたかもしれない。

愚痴とも懺悔《ざんげ》ともつかない話を聞き終えた前嶋は、妙なことを口にした。

「おまえさ、俺達が住んでた学生寮に噂話があったのを覚えてるか」

思い出をひっくり返すまでもない。

玄関を入った所に飾ってあった人形のことだ。

「人形だろ。市松人形って奴。嘘か本当か知らないが、夜中に動くとか」

「ま、そこまでしか知らないだろうな。その話、実は続きがある」

前嶋は声を潜め、続きを話し出した。

あの人形は、本当ならば幸運を招く人形なのだという。

　ただ、動くという点だけが恐ろしげに伝わってきた為に、いつの間にか幸運というキーワードが抜け落ちてしまったのだ。

「俺にそれを教えてくれた先輩も、先輩のそのまた先輩から聞いたらしい。先輩は、興味半分でその人形を奉った。小さな祭壇を用意して、毎日きちんと供物を捧げた結果」

　前嶋はそこで焦らすように一呼吸置いた。

「超一流企業から内定の通知がきた。しかも一社だけじゃない。全部で三社。断っておくが、その先輩の成績は真ん中より下だ」

　武藤さんは、どう反応していいものか迷った。

　前嶋はその態度を予想していたようである。

「そんなもの本人の努力次第、偶然だ、そう言いたいんだろ。いや、構わんよ。その通りなんだから。でも、実はそこがポイントなんだ」

　大学生にもなって、幸運をもたらす人形なんてのを本気で大切にする奴がいる訳がない。そこをあえてやる。相手を人形と思わず、神様だと思ってやるのだ。

　前嶋は、何と自宅に祭壇を作ったのだという。

　密かに持ち出した人形をその祭壇に祀り、毎朝毎晩、真摯《しんし》に拝み続けた。

　その結果が今の俺だと前嶋は胸を張った。

雲を掴むような話である。

「さて。長々と話をしたけど、ここからが本題だ。おまえ、その人形を欲しくないか」

まさかの申し出に返事が遅れた。

「何だ、欲しくないのか」

「いやいやいや、欲しい、欲しいよ」

「だろうな。じゃあオッケーなんだな。持って帰ってくれ」

何故、そんなに大切なものをくれるのかという問いに、前嶋は呆れた答えを返した。

もうこれ以上、金は欲しくない。今後、どんな暮らしをしようとも余裕で賄えるぐらいはある。

今は金よりも自由な時間が欲しい。

おまえに再会したのも何かの縁だ。

今度はおまえが幸運を掴んだらいい。

そう言って前嶋は、ほっとした顔で乾杯を求めた。

「これで肩の荷が下ろせるよ」

人形が入った鞄を武藤さんに渡し、店を出た後、ほろ酔いの前嶋はゆらゆらと地下鉄への階段を下りていった。

武藤さんは早速、鞄を開けてみた。

人形は絹布に包まれている。現れたのは、確かにあの市松人形であった。

気のせいか、神々しく見える。

「よろしくお願いします」

そう話しかけ、丁寧に包み直して武藤さんも駅に向かった。


何やら駅が騒がしい。

駅員や乗客の会話から察するに、誰かが飛び込んだようだ。

遺体の腕と思われるものがブルーシートから覗いて見えた。

その腕は見覚えのある服を着ていた。

これから自由な時間を満喫すると言っていた男が着ていた服だ。

武藤さんは唖然としてブルーシートを見つめ続けていた。


今現在、武藤さんは自分の店を持ち、前嶋が乗り回していたような高級車で飛び回る毎日を過ごしている。

猛暑の中、立ち続けて旗を振っていたのが悪い夢のようだという。

前嶋は自殺か事故か不明だが、武藤さんは自分がそうなるかどうかは気にならないそうだ。

もしかしたら、前嶋が人形様を譲ったのが原因かもしれない。

全てが曖昧なままだが、一つだけ分かったことがある。

この人形様は確かに幸運を招いてくれるのだが、それは決して無料ではない。

幸運が大きければ大きいほど、支払う代償もまた大きい。

武藤さんの場合、それは愛する妻と娘の死であった。

「まぁ、仕方ないかな」

最後に武藤さんはそう言った。

本心かどうかは知る由もない。

遠い記憶

その日、田口さんは十五年前のことを思い出していた。

切っ掛けは夕方流れたテレビのニュースである。

交差点で発生した交通事故で、運転していた男性が死亡したということだった。

その男性の名前と住所がセットになって、記憶の底から浮かび上がってきたのだ。

西野淳史、三十八歳。田口さんが予想している相手なら、年齢もそのぐらいだ。

今でこそ、田口さんは自動車工場で働く派遣社員だが、十五年前は大型電気店に勤務していた。

西野淳史は、その店の常連客である。

頻繁に買い物をしていくが、決して上顧客とは言えなかった。

買い求めるものは全て小物や周辺機器ばかりだ。西野はとにかく苦情が多いのである。

購入した商品を素直に使い続けることは皆無に等しかった。

しかも全てにおいて店側に何の過失もない。言いがかりに近いレベルだ。

そして、とにかくしつこい。明らかに使い方が悪いのに、新品交換か返金を要求する。

一度捕まったら、最低でも二時間は解放してくれない。

ボーナス商戦開始日、開店と同時に現れたときは、全ての店員が同時に小さな溜め息を吐いたほどだ。

この西野が何をどう気に入ったのか、あるときから頻繁に田口さんを指名するようになった。

店には店舗ごとの営業成績と、個人の成績もある。

西野に毎回捕まると、大袈裟でなく二割は数字が下がってしまう。

だからといって接客を断る訳にはいかない。接客用の笑顔を貼りつけ、田口さんは西野に向かっていく。そして毎回、胸の中に真っ黒な怒りを溜め込んでしまう。

その怒りは、いつしか憎悪に変わっていた。

田口さんは笑顔で、場合によっては真摯な表情で対応しながら、胸の奥ではこう罵《のの》っていた。

おまえさぁ、さっさと死ねよ。

おまえなんか死んでも誰一人悲しまねぇよ。

何とも情けないとは思うが、そうでもしなければ感情が爆発しそうだったという。

あの西野が死んだのか。

もう、顔すら曖昧にしか思い出せない相手である。

自分の人生で二度と会わない相手だ。そこまで分かっていても、何となく嬉しい。

田口さんは、自分がそう感じてしまうことに驚いたらしい。

そんなに恨みが深かったのかと、過去の自分が恐ろしくも哀れになった。

その瞬間、もう一つ妙な思い出が浮かび上がってきたという。

それは【あの当時、こいつが死ぬように願掛けをした】という思い出だ。

地元でも有名なパワースポットに出かけたときであった。

とある遺跡である。深い森に護られて、巨大な岩がある場所だ。

一緒に来た友人は「この清浄な空間が」とか「いるだけで心が洗われるね」などと感動している。

だが、田口さんは全く違うことを考えていた。

パワースポットというのは、人間が勝手に理屈を付けたものではないだろうか。

確かに、空気は澄んでいるし、神秘的な何かを感じる。

地磁気とか磁場とかいうものが影響しているのかもしれない。

けれどそれは、人間を元気にする為にある訳ではない。

そう考えるのは人間の傲慢というものだ。

心が洗われる人が沢山訪れるのなら、洗い流された悩みや恨みも沢山あるはずだ。

もしかしたら、ここはそういう負の感情を飲みこんでしまうのではないか。

ならばここで、人を呪ったらどうなるだろう。

自分でも馬鹿げたことだと知りつつ、田口さんは胸に溜まっていた西野への真っ黒な気持ちを巨岩に向けて放出した。

岩肌に左手を触れ、額を当てて心の底から祈った。

どうかあの糞野郎が死にますように。できるだけ惨《むご》たらしく、みっともない死に方でお願いします。

そう願った瞬間、巨大な岩が微かに動いたように思えた。

そこからがおかしかった。

田口さんの脳裏に、次から次へと憎い相手が浮かんできたという。

小学生の頃のイジメっ子、中学のときにマラソンを強いた体育教師、高校時代に自分を振った女の子等々、すっかり忘れていた存在ばかりだ。

それでもまだまだ記憶は止まらない。重箱の隅を楊枝でほじくるように、少しでも腹が立った相手が浮かんでくる。

田口さんは、それら全ての人間の死を一心不乱に願っていたそうだ。

友人に声を掛けられ、田口さんはようやく正気に戻った。

「何だよ田口、すげぇスッキリした顔になっちゃって」


十五年も前のことが昨日のことのように思い出された。

西野の事故は、翌日の地方紙にも掲載されていた。

顔写真はなかったが、住所も仕事も記憶通りであった。

あの岩に頼むと十五年かかるのか、何とも遅い仕事だな、などと軽口を叩きながら田口さんはテレビを点けた。

画面に火事の現場が映った。逃げ遅れた女性が亡くなったと伝えている。

その名前と住所に記憶があった。

あの岩の前で死を願ったうちの一人だ。

「偶然だ、偶然。人間なんていつかは死ぬんだし」

そんなふうに口にすることで、却って不安になった。


その後も年に数度、【偶然】は発生している。

ニュースにならないようなことも、御丁寧に誰かが知らせてくる。
あの岩は、確かに仕事は遅いが確実に実行しているようなのだ。
呪った相手全てではないが、何人かは名前も現住所も思い出したそうだ。
その中には、ごく身近な人間もいるらしい。
それでも田口さんは何も行動を起こしていない。
理由を訊いたところ、田口さんはこう言った。
「パワースポット相手に逆らっても、どうにもならないでしょ」

沈む人形

去年の夏、沖田さんは同僚の細川さんと女二人で旅行に出かけた。

行き先は沖田さんの故郷である。故郷といっても祖父母ともに既に死去し、叔母に当たる人がいるだけである。

美しい海だけが自慢の田舎だが、むしろそのほうが良いと細川さんが言ったのだ。

沖田さんにしてみれば願ったり叶ったりである。気心の知れた相手に、自分が生まれ育った町を案内するのは気恥ずかしくもあり、自慢でもある。

特にその相手が細川さんのように素敵な友人であれば尚更であった。

沖田さんが職場の人間関係で悩んでいたときに、声を掛けてくれたのが細川さんであった。

細川さんは相手がどのような人間でも、決して貶《おとし》めず、かと言ってへりくだることもなく、まっすぐに対応する人である。

その為、味方も多いが敵もまた多いと聞く。けれど細川さんは、自分に対する根拠のない批判や悪口は歯牙にも掛けない。それもまた一つの意見と割り切る強さがあった。

そんな人との二人旅が楽しくない訳がない。
沖田さんは、細川さんと巡り合えた幸せを噛みしめながら故郷に向かっていた。
予約していた旅館は海のすぐ近くであり、窓から水平線が見渡せた。
美しい浜辺は今でも美しいままであった。
感動を素直に顔に出し、細川さんは海を眺めている。
別に自分だけの海ではないが、沖田さんは誇らしい気持ちで一杯だった。
「うん。来て良かった。この海は一生忘れられないわ」
そう言われて、沖田さんは思わず涙が溢れたという。
食事までしばらく散歩しようと決まり、沖田さんは先に立って歩き出した。
この辺りは中学、高校を通じてよく遊びに来ていた場所である。
沖田さんにとって、隅々まで熟知した庭であった。
海岸沿いをしばらく歩くと、崖の下に口を開ける洞窟が見えてきた。
細川さんが興味津々とばかりに近づいていく。
洞窟の入り口の壁に、小さな鳥居が刻まれている。
「鳥居があるってことは、この奥に神社があるの？」
沖田さんは言葉に詰まった。あることはあるのだが、正式なものではない。

加えて、かなり怖い場所なのだ。だが、既に細川さんは中に入ろうとしている。

沖田さんは慌てて説明を始めた。


確かに、この洞窟の奥に神社がある。

地元の人間でも余り近づこうとはしない。

何故なら、その神社は呪いを専門としているからである。

行き止まりの壁をくり抜き、神社らしき建物が据え付けられている。

その前には小さな泉がある。深いが透明度は高く、懐中電灯で照らすと底のほうまで見えるという。

呪いたい相手がいる者は、この泉に自分で作ってきた人型の木片を浮かべるのである。

人の形をしていれば、素材は何でもいい。木の枝でも、カマボコ板でも、何なら割り箸を人の形に組み合わせても構わない。

ポイントは、作った人形のどこかに呪いたい相手の名前を書いておくことだ。

呪いが成就する相手なら、人形はじわじわと沈んでいくという。

その場合、相手は必ず水関連の事故で死ぬと言われている。

「まぁ、はっきり言って沈まないのよ、木なんだから。割り箸が沈むわきゃないでしょ。

これは要するに、他人を恨む気持ちをここに捨てなさいってことだと思う」

その説明を聞いた細川さんは、是非やってみたいと言い出した。

そうは言っても、手元に木片などない。諦めきれないのか、細川さんは持っている鞄の中を探り出した。

「あ。これどうかな」

取り出したものを見て沖田さんは胸騒ぎを覚えた。細川さんが選んだのはツゲの櫛である。

実は、先ほどの話には続きがあった。本気で呪いたい相手がいる女性は、相手の髪をすいたツゲの櫛を浮かべるというのだ。

「ちょっと、それ勿体ないよ」

「沈んだら、でしょ。木の櫛が沈む訳ないじゃない」

細川さんは楽しげに微笑みながら泉に近づき、そっと櫛を浮かべた。

櫛は引きずり込まれるように急速に沈み、あっという間に見えなくなった。

重い沈黙が続き、ようやく細川さんが顔を上げた。

いつものように微笑んでいる。

「ああびっくりした。薩摩ツゲだから重いのかも」

そういうことにしておきたかった沖田さんは、何度もうなずいて同意した。

「けど困ったわね。あの櫛、お母さんのだから。買って返さなきゃ」

洞窟を出て旅館に戻る道すがら、細川さんは心底楽しそうに今夜の計画を立て始めた。

食事して、お風呂に入ってからカラオケか。

それともカラオケを済ませてから寝る前にお風呂か。

「どっちにしても今夜は飲むわよ。酔いつぶれても家に帰んなくて済むんだし」

よかった。いつも通りの細川さんだ。

本当かどうか分からない言い伝えより、目の前の明るい笑顔を信じよう。

そう自分に言い聞かせ、沖田さんは先ほどの櫛の件を強引に忘れた。

その夜の二人は、予定通り浴びるほど飲んだ。沖田さんは酒に強いと自負していたが、細川さんの足元にも及ばなかったという。

気付いたとき、沖田さんは無事に布団の中で寝ていた。

痛む頭を動かし、隣を見ると細川さんの布団はもぬけのからである。

広縁に灯りが点いているところを見ると、窓辺で夜の海でも眺めているのかもしれない。

沖田さんは、そっと身を起こしてみた。

やはりそうだ。細川さんは、窓辺の椅子に座って何か熱心にやっているようだ。

沖田さんは尚もじっくりと見つめた。テーブルの上に山積みにされているのは割り箸だ。

細川さんは、割り箸三本を器用に組み合わせ、わら人形のような形にしていた。

出来上がった割り箸人形に、顔を近づけて文字を書いているようだ。

そこまで見て、沖田さんは頭から布団をかぶって寝てしまった。

細川さんは、時々小さく笑っていたという。

翌朝、割り箸人形は一体も見当たらなかった。

旅の続きを無事に終え、二人はその日の夜遅く、自宅に戻った。


週が明け、職場で見かける細川さんは、いつも通りの笑顔であった。

むしろ、いつもよりすっきりした様子である。

沖田さんはその週の日曜日に、今度は一人きりで故郷に戻った。

どこにも寄らず、まっすぐにあの洞窟へ向かう。

手にしているのは強力な懐中電灯だ。

神社に到着した沖田さんは、その電灯を泉に向けた。

透明な水を切り裂き、光は水底を照らしている。

そこには、おびただしい数の割り箸人形が沈んでいた。
書いてある文字までは読めなかったという。

つい先日のこと。
細川さんは急な休みを取った。
義母が亡くなったとのことである。

人を呪わば

その当時、速水さんは会社の人間関係に疲れていた。

原因は山岡という、いわゆるお局様だ。傲慢で他人の失敗が何よりの好物という人物であった。

速水さん自身も一度ならず二度、三度と失敗の責任を押し付けられ、おかげで賞与に最低評価が付いてしまったぐらいだ。

何となく苦手と言う生ぬるい感情は、日が経つにつれ嫌悪へと育っていた。

ある日のこと。どん底まで沈んでいる気持ちを癒す為に速水さんは友人と食事に出かけた。

杯を重ねるにつれ、愚痴も積もっていく。

「最悪。社員旅行のバス、隣の席なのよ」

「行き先どこだっけ」

とある温泉街のホテル名を告げると、友人が妙なことを言い出した。

「幽霊とか信じるほう？」

何故そんなことを訊くのかと問う速水さんに、友人は声を潜めた。

「そのホテル、出るわよ」

添乗員である姉から聞いた話だと友人は前置きした。

全体的に『出る』ホテルなのだが、特に和服姿の女性の絵がある部屋が凄まじい。

「姉貴、入った途端に分かったって。で、絵をひっくり返したらやっぱり御札。部屋取り替えろってねじこんだらしいよ」

空き室はなかったのだが、バスの運転手が無頓着を絵に描いたような男で、二つ返事で替わったらしい。

ところが翌朝、運転手が起きてこない。

ホテルの従業員とともに見に行くと、運転手は気を失っていた。

ようやく意識を取り戻した運転手は、悲鳴を上げて絵から離れようと必死になった。

「運ちゃん、何の気なしに御札を剥がしたら、凄いのが出てきたんだってさ」

そこまで話して、友人はくすくす笑った。

「その部屋にお局様泊めちゃいなよ。で、御札は外しておく」

「そんな酷いこと……やってみよっかな」

友人は早速、姉に電話して部屋の情報を聞き出した。

印象深い出来事だったようで、姉は部屋の番号まで覚えていた。

実際に出るかどうかは問題ではない。そういう因縁のある部屋に、あの女が寝ることが痛快に思え、速水さんは計画を練り始めた。

まずは社員旅行の運営係に応募することからだ。

部屋割りを担当しなければ話にならない。

お局様と自分を同室にしなければ、部屋の鍵が手に入らない。

無論、御札を剥がしたら他の部屋に移動する。何なら朝まで飲み明かしてもいい。


旅行当日がやってきた。あれほど嫌だったバスも全く気にならない。

隣の席のお局様と笑顔で会話を交わす余裕すらある。

それもこれも今晩の為、速水さんは何度も自分に言い聞かせながらホテルに着いた。

友人の言葉通り、何となく陰気な建物であった。

どこがどうという訳ではない。肌で感じる何かが違う。

皆が観光や温泉に向かう中、速水さんは部屋に向かった。

恐る恐るドアを開けたが、特に何も感じられない。拍子抜けするぐらい快適な空間だ。

「どこがどう凄まじいってのよ」

つい、愚痴が溢れた。心霊現象などという曖昧なものを信用し、念入りに計画を練った自分が愚かに思えて仕方ない。

とりあえず中に入ってみる。

壁には目印の和服姿の女性の絵がある。思いの外、大きな物だ。

裏返してみると、確かに御札が貼ってある。

せっかく立てた計画である。とにかく剥がしておくことにした。

しっかり貼りつけてあったのだが、苦労したのは最初の一センチだけだ。

あとはすんなり剥がれてしまった。

「ありがとう」

真後ろで声がした。驚いて振り向くと、絵に描かれてあった女性がそこに立っていた。

覚えているのはそこまでであった。

気が付くと、速水さんは絵を抱えたまま座り込んでいたという。

「まさか御札剥がしてすぐに出てくるなんて思わなかったわよ」

後日、苦情の電話を入れると、友人は笑って答えた。

「ずっと待ってたから、物凄く出たかったんじゃないかな」

ちなみに、助け起こしてくれたのは皮肉にもお局様であった。

それ以来、今までにも増して頭が上がらなくなっているそうだ。

予約済

相原さんは一人旅を趣味にしていた。

適当な駅で降り、適当な宿を探し、観光地でもない町を散策する。

独身ならではのまことに自由気ままな旅である。

その独身生活に別れを告げる時が来た。

同僚の香奈枝さんとの結婚が決まったのだ。

相原さんは、独身最後の記念に二泊三日の一人旅を計画した。

候補地は、聞いたこともない山奥の温泉旅館である。山桜に包まれた露天風呂が楽しめるはずだ。

結婚準備で多忙を極める香奈枝さんは、呆れ顔を隠そうともせずに見送ってくれた。

「次は家族三人で行こうな」

少し目立ってきた香奈枝さんのお腹に話しかけ、相原さんは駅へ向かった。

予定日は三カ月後である。

子供が生まれたら、しばらくは旅行を諦めなくてはならない。

それもあって、今回の強行軍を決めたのである。

山の中をうねうねと進み、ようやく到着した旅館は期待通りのひなびた場所であった。

美しい自然と温泉と旅館の主人が自ら作るという素朴な料理しかない。だがそれがいい。

相原さんは、何もしないということをたっぷり楽しんだ。

最終日、女将が配膳する料理の中に、尾頭付きの真鯛の刺身があった。

「山の中で鯛というのもおかしいのですが、息子が今朝釣ってきたばかりで」

自慢するだけあって新鮮である。思わず箸が進み、酒も進む。

何度目かの箸を伸ばしたとき、相原さんは妙なことに気付いた。

鯛の目玉がくり抜かれている。

尾頭付きの魅力半減とまではいかないが、何となく不自然である。

箸が止まった場所から理由を察したのか、女将が口を開いた。

「申し訳ありません、うちの主人の癖でしてね。目玉取っちゃうんですよ。怖いんですって」

深々と謝ろうとするのを慌てて止める。それで味に影響がある訳でもないのだ。

十分すぎるほどの量と質を堪能し、相原さんはほろ酔い加減で露店風呂に向かった。

予想通り、満天の星だ。少し熱めの風呂に浸かり、今までの旅を反芻《はんすう》する。

無理をしてでも来て良かったと思える時間が過ぎていく。
旅は明日までであるが、帰る前に近所を散策してみようと思い立つ。
相原さんは、旅行前に調べたこの辺りの地図を頭に浮かべた。
小さな集落があったはずだ。
とりあえずそこを目的地にして、景色を楽しもう。
そう決めて部屋に戻り、布団に横になる。
葉擦れの音を聞いているうち、相原さんはいつしか眠ってしまった。
何故か、香奈枝さんが泣いている夢を見たという。
翌朝、相原さんは少し早めに旅館を出た。
僅かに勾配のある道をのんびりと歩いていく。
うっすらと汗を掻き始めたところで、小さな集落が現れた。
いずれの家も無人らしく、ひっそり静まり返っている。
一軒の家を覗いてみようと近づいた相原さんは、妙なものを見つけた。
玄関に御札が貼ってある。ただの御札ではなかった。
字は僅かしか書いていない。それ以外は全て目玉が描いてあるのだ。
墨で描かれた簡単な図柄なのだが、それが却って目玉の存在を際立たせている。

変わったものがあるものだと感心しつつ、家の横手に回り込んでみた。
そこにも同じ御札があった。一枚どころではない。窓一面に貼ってある。
まるで窓中に目玉が描いてあるように見えたという。
少々気味は悪いが、旅の記念写真としてはなかなか面白い。
何枚か撮影し、少し離れた家も見てみることにした。
その家も全く同じであった。その隣も、そのまた隣も、目玉の家だ。
これは踏み込んではいけない場所なのではないか。
相原さんは鳥肌が立つ腕をさすりながら、それでもシャッターを押し続けた。
次々に進んでいく。五軒、六軒と同じ有様だ。残すところ最後の一軒。
その最後の一軒が今までと全く異なっていた。
御札が一枚も見当たらないのである。それ以外、特に際立っておかしなところはない。
「というか、こっちが普通なんだよな。ここ以外が異常なんだ」
思いを口に出して整理しながら、相原さんはその家の裏手に回った。
やはり、どこにも御札は貼られていない。今までの家のように窓が塞がれていない。
おかげで中が覗き込めた。
とりあえず撮影し、更に確認する。

部屋は六畳程度の板の間である。そこに、大小様々の箱が沢山置かれている。
全ての箱に蓋がされている為、中までは確認できない。
絶対に何かある、このまま帰ったほうがいい。
頭ではそう判断しているのだが、ここまで来て帰るなんて勿体ないと心は誘う。
よく見ると、窓は施錠されていない。相原さんは、思い切って足を踏み入れた。
早速、手近な箱を一つ選んで蓋を少し開けてみる。まずは腐臭が溢れ出てきた。
嫌な予感に襲われながら開け放った相原さんは、思わず箱を落としてしまった。
箱をぎっしりと埋め尽くしているのは目玉であった。
干からびて梅干しのようになったものもあれば、まだ潤いを保っているものもある。
小さなものばかりだが、何の目玉かは分からない。想像もしたくない。
さっき落とした拍子に二、三個転がり出てしまったが触る気もしない。
自分が見ている物が信じられず、相原さんは箱を持ったまま凍り付いた。
まさか、ここにある箱全部がそうなのか。
恐る恐る、もう一つ開けてみる。溢れ出る腐臭も中身も同じだ。
では、この際立って大きな箱の中身はどうなる。止めろ止めろと理性が絶叫している。
構わずに開けた。先ほどまでの腐臭を遥かに上回る臭いが溢れ出してきた。

目玉の持ち主と思われる子犬や子猫が箱の中で腐っている。いずれの死体も目がない。中には産まれたばかりと思われる死体もあった。

目があるべき箇所には、血を溜めた穴があるだけだ。蛆虫が群れを成して蠢《うごめ》いている。

そこまでが限界であった。相原さんは箱を元の場所に戻し、窓の外へ転がり出た。

走り出した瞬間、すぐ真後ろで誰かが何事か囁《ささや》いた。

「あかんぼう」

そう聞こえたという。

悲鳴を上げながら山道を走り降りていき、バス停に着く頃には顔が汗と涙でぐしょ濡れだった。

カメラを取り出し、見つめる。

あの村に何が起こったのか。自分は何を見たのか。

無性に確認したくなった相原さんは、恐る恐る画像を見返してみた。

窓一面に貼られた目玉の御札の画像が何枚か続き、最後の一枚があの部屋だ。

部屋の入り口に女が写っていた。

白いシャツと黒のスカート、髪は後ろで束ねているようだ。

細い目と薄い唇が印象的だ。

赤ん坊を抱っこしている。

ごく普通に立っているだけだ。


それを見た途端、激しい寒気が襲ってきた。

相原さんは、震える指先でカメラの電源を落とし、メモリーカードを丸ごと捨てた。

香奈枝さんには、カメラが壊れたのだとごまかし、食事と露天風呂だけを旅の思い出話にしたそうである。


その後、相原さんは無事に結婚し、平凡だが穏やかな家庭生活が始まった。

香奈枝さんも風邪一つ引かず、あとは出産を待つばかりである。

蒸し暑い夏の夕方、相原さんが勤務を終えたのを見計らったように連絡が入った。

陣痛が短くなり、破水があったとのことである。

相原さんは喜び勇んで産院に向かった。初めての我が子は、既に女の子と分かっている。

頭の中を名前の候補で埋めながら到着した。

エレベーターが待ちきれず、階段を一段飛ばしに上がり、分娩室の前に座った。

組んだ両手を祈るように胸に当て、扉を見つめる。
そのときであった。
「あかんぼう」
あの囁き声が耳元で聞こえた。
何だ。あかんぼうがどうしたというのだ。
いや、あかんぼうをどうしようというのだ。
一気にあの日の記憶が溢れ出してきた。
目玉。子猫と子犬の死体。蛆虫。細い目と薄い唇。腕の中の赤ん坊。
分娩室の中から香奈枝さんの絶叫が聞こえてきた。

相原さんは今、香奈枝さんを介護しながら暮らしている。
目を離すとすぐに自殺を試みる為、仕事も辞めたそうだ。

泥童

柴崎さんは兼業農家を営んでいる。

会社勤めとの両立は、並大抵の苦労ではない。

少ない耕作地と足りない労働力を補う為、作業効率を第一に考える毎日である。

ここ数年続く異常気象は厄介事の一つであった。

台風やゲリラ豪雨が続くと、大切な水田に泥や砂利が流れ込んでしまう。

それを取り除き、元通りにするには大変な労働力と資金が必要になる。

「よく、台風で増水した川や田んぼを見に行く人がいるでしょ。あれ、居ても立ってもいられないってのもあるけど、少しでも被害を少なくしたいんですよ」

例えば、流木が用水路を塞いでいたら、そこから水が溢れてしまう。

こまめに監視していれば、防げる被害もあるのだという。

「ま、それでもどうにもならないときもありますけどね」

その言葉通り、その年の秋に来た台風で、柴崎さんの田は一面丸々水没してしまった。

幸いなことに水は一日で引き、思ったよりも泥も少ない。

復旧に精を出しているうち、いつの間にか辺りはすっかり暗くなっていた。

後片付けを終え、車に乗り込もうとした柴崎さんは、田んぼの中程に立つ子供に気付いた。

つい先ほどまで自分が働いていた場所である。その間に入ってきたら分かるはずだ。

五歳ぐらいの小さな女の子で、黄色いレインコートを着ている。

大きく口を開け、泣いているように見えるのだが、その声は聞こえてこない。

とにかく助けるのが先決である。

柴崎さんは声を掛けながら田んぼに戻った。己の足跡をたどり、女の子に近づく。

「どうした。君はどこの子だい」

できるだけ優しく話しかけたが、女の子は口を閉じようともしない。

その顔に付く泥を拭ってあげようとしたとき、女の子が口を閉じない理由が分かった。

口の中一杯に泥が詰まっているのだ。泣こうとしても泣けるはずがない。

よく見ると、口だけではなく鼻や耳にも泥が詰まっている。

これは大変だと指を突っ込もうとして柴崎さんは気付いた。

人は、この状態で生きていられるのだろうか。

それともう一つ。この子の足跡がないのは何故だ。

柴崎さんは後ろ向きのまま数歩離れ、踵《きびす》を返してぬかるむ田んぼを必死に走った。

車に乗り込み、振り返ると女の子はまだ口を開けていた。

自宅に急ぐ間も背後が気になって仕方なかったという。

翌日、できることなら田んぼには近づきたくもなかったそうだ。

だが、収穫を控えた稲穂は、一日たりと放置できない。

柴崎さんはとりあえず御守りを持ち、数珠を嵌《は》め、塩を包んで懐に入れて田んぼに向かった。

高い秋空から降り注ぐ日差しを受けた田んぼは、拍子抜けするほどいつも通りだ。

いつもと違うのは、自分の乱れた足跡だけである。それは慌てて逃げた証明であった。

やはり、女の子の足跡は見当たらない。

柴崎さんは恐る恐る昨日の場所に近寄った。

何か黄色い物が埋まっている。拾い上げると、それは子供用の長靴であった。

昨日見たあの子のものに違いない。

ならば供養の意味も含め、この長靴を親元に返してあげるべきではなかろうか。

柴崎さんは、少し早めに自宅に戻り、ここ数週間の新聞を読み返してみた。

該当するようなニュースが見当たらない。もしかしたら、最近のことではないのかもしれない。

柴崎さんはとりあえず長靴を綺麗に洗い、軒先に置いた。

近いうちに地元の警察にでも訊いてみようと決め、寝床に就く。

その夜、柴崎さんは妻にそっと揺り起こされた。

軒先に子供が立っているという。

確認すると、やはりあの女の子であった。最初に見たときと変わらない姿である。

口の中の泥もそのまま、無音で泣いている。

長靴を洗ったぐらいでは、どうしようもないらしい。

田んぼの中とは違い、自分の生活圏内に現れたその姿は、大変に禍々しく見えた。

どうにかしてあげようと思い立った己を激しく後悔し、柴崎さんはその夜をまんじりともせず過ごした。

警察署に拾得物として届け出ようとも思ったが、果たして片方だけの長靴を受理してくれるかどうか心もとない。

かと言って、どこかに捨てることはどうしてもできなかった。

中途半端な良心を封じ込め、柴崎さんは長靴を農作業小屋の奥深くに保管した。

そのときは、じっくりと腰を据えて親を探してあげるつもりであった。

そしてそのまま忘れてしまった。

再び思い出したのは、翌年の春である。

冬の間から柴崎さんの集落は、予期せぬ来訪者に悩まされていた。

山を一つ越えた辺りで宅地造成が行われ、生息地を追われた猪が畑を荒らすようになったのだ。

畑全体を網で覆うか、電流が流れる柵を設置するのが最善の方法なのだが、いずれも結構な金額である。

何かもっと安く上がる方法を考えているうち、柴崎さんはあの長靴を思い出した。

作業を終えた後、試しに長靴を畑の中心部に置いて帰ってみた。

翌日、畑を調べたが、驚いたことに全く被害を受けていない。

畑の回りに猪の足跡は残されていたのだが、中に入った様子がなかった。

それ以後、柴崎さんは長靴をずっと使い続けているという。

未だに効果は衰えないそうだ。

諦めた母

テーブルの上に次から次へと料理が運ばれてくる。

いずれも見ただけで美味いと分かるものばかりだ。

正直、ホームパーティーなんて高が知れていると侮っていた。

川辺さんは、己の料理の腕を思い浮かべて心の底から恥じ入った。

それにしても、と改めて田島家の居間を見回す。

二階中央の扉を開け放てば、リビングとダイニングを一つにまとめたパーティールームの出来上がりという作りだ。

統一感のある洒落た家具、海外製と思われる電化製品、薄く柑橘系が香る空気。

まるでモデルルームのようだが、それでいて人の体温が感じられる家だ。

誰もが憧れる暮らしがここにはある。

こんな生活を送っていると、あんな素敵な人になるんだろうな。

川辺さんは、憧れと嫉妬が絡まり合った視線を田島さんに向けた。

料理は予想以上に美味しく、川辺さんは時を忘れて楽しんだ。

食後のコーヒーを待つ間に、川辺さんは妙なことが気になってきた。
これほど完璧な部屋なのに、クローゼットが薄く開いているのは何故だろう。
四枚折れ戸の右端が五センチほど開けてあるのだ。
クローゼットだけではない。
北欧製と思しき食器棚や二棹あるワードローブ等、扉であれば種類は問わない。
とにかく、見える範囲にある全ての収納の扉が僅かに開いている。
全て完璧なだけに、その隙間が妙に落ち着かない。
「はいお待たせ、シフォンケーキは後三分で焼けるわ。お腹、まだ入るでしょ」
ふわりとした笑顔を添えて、田島さんがコーヒーを運んできた。
一口すすり、川辺さんは思い切って扉の件を訊いてみた。
そう言えばそうねと他の客達も同調する。
「ああ、何で開けてるかって。大した理由じゃないのよ」
そう言われると尚の事、気になる。
全員が伏して頼んだ。
「もう。仕方ないわね。ほんと、つまんない話なのよ」
呆れ顔の川辺さんは、それでもようやく話を始めた。

私がまだ小学生だった頃、母は再婚したんだけど、これが酷い男でね。

私もよく叩かれたの。左の手首が折れたこともある。今でもそいつの顔は忘れないわ。

身体の痛みは忘れたのにね。


話の展開が読めず、川辺さんは戸惑った。

「ごめんなさい、突然すぎるわね。でもここから話さないと分からないの」


母は私を連れて逃げたの。

夜中に突然起こされて、ランドセルに教科書全部詰め込んで、それでも入らないのは袋に入れて。

母は大きなトランク一つだけで、家を出た。

DVシェルターっていうのがあるのよ。私達が行ったのは、警察署のすぐ近くにある建物。三階が丸ごとアパートみたいになってた。

そこで二週間だけ宿泊できるの。寮母さんがいて、弁護士とかも紹介してくれてたみたい。で、色々とアドバイスを受けて、次の行き先を決めるのね。

期限ぎりぎりのところで次が見つかったんだけど、そこからが大変だった。

川辺さんはそこまで話して、遠い日々を思い返すように窓の外に視線を漂わせた。

「あ。ケーキが焼けた。ちょっと待ってね、逆さまにして冷やさないと焼き縮みするから」

リビングに残された田島さんは、もう一度クローゼットを見た。

何か黒いものが動いた気がしたのだ。確認しようと立ち上がりかけたとき、川辺さんが戻ってきた。

「ええと、どこまで話したかしら。そうそう、アパートが見つかったってところね」


そのアパートは私の小学校から遠かったのよ。

でも、転校するのが嫌だなんて言えなかった。母は物凄く頑張ってたしね。

私がわがまま言って困らせるなんてできない。

我慢しなきゃって思ってたんだけど、どうしても我慢できないことが一つだけあった。

そのアパート、出るのよ。

私と同じぐらいの歳の男の子。がりがりに痩せて、着てる服もあちこち破けてて、骨の上に皮膚を貼りつけたような身体が見えてるの。

丸坊主で、ぎょろっとした目玉を剥き出して睨むの。その目玉が今にも落ちそうで。

いつも押し入れにいるの。見るのが怖いから、しっかり閉めるのに、そーっと開くのよ。

私、あんまり怖いから、ある夜とうとう母に泣きついてね。

母はとても困ってた。そりゃそうね、いきなりお化けが出るから引っ越したいって言われてもね。

やっと見つけたアパートだし、どうにか仕事も決まって働き始めたところだし。

これからまたアパートを探すにしても、お金がないのよ。下手すると給食しか食べない日もあった。

そのぐらい追い詰められてた。

だから母は、私の頭を撫でるぐらいしかできなかったんだろうな。

でね、そうやってる間に押し入れの戸がそーって開く音がした。

振り返ったら、やっぱりいた。丸坊主の男の子が立ってた。

お母さん、あの子よ、あの子が怖いの。

そう言ったんだけど、母はまだ頭を撫でながら、どこにいるのよって。

やっぱり見えないのかなって悲しくなって母を見上げたら、母はまっすぐ押し入れを見てた。

少し震える声で、母さんには何も見えないわって、そう言ったの。

ああ、母には見えてる。でもどうしようもないんだな。

お金ができるまで、ここからは逃げられないんだ。

私、そこで諦めたの。

母はその後、頑張って頑張って頑張り抜いて、ようやくそのアパートから出られたんだけど。


「その子、一緒に付いてきちゃったの。母が何もしなかったから、自分が認められたって勘違いしたみたいで。母が亡くなってからは、私に付いてきた。だから、いつも扉を開けておくの。開けておいて見ないようにしてる。そのほうが気分的に楽だし。扉とか押し入れのない家にしようかと思ったんだけど、そんなの無理だしね。さ、つまんないお話はここまで。今日のシフォンケーキは自信作なのよ」

川辺さんが軽い足取りでキッチンに向かった。

田島さんは強張った笑顔を作りながら言った。

「何なの、怖い話がデザートって」

他の二人も動揺を隠すように、殊更明るく答える。

「どう反応していいか迷うわよね」

「ちょっとだけ鳥肌立っちゃったわよ」

どうにか作った笑顔を保ちながら、田島さんは何となくクローゼットを見た。

その途端、せっかく用意した笑顔が再び凍り付いた。

薄く開いた隙間から目が覗いている。

左右二つともだ。それが横にではなく、縦に並んでいる。

頭を真横に向けなければ、ああはならない。

だが、それをするには壁が邪魔だ。頭がめり込んでしまう。

そんなことができるものが、あの空間に存在している。


目が離せずにいる田島さんの背後に、いつの間にか川辺さんが立っていた。

川辺さんは静かに言った。

「あんまりじっと見ないほうがいいよ。でないとあなたに憑いてしまう」

田島さんは慌てて目を逸らし、運ばれてきたシフォンケーキに集中した。

美味しいはずだが、何の味もしなかったという。

一晩だけの勇気

今から五年前のことである。

篠田さんの自宅の隣に古いアパートがあった。

篠田さんが子供の頃からあったというから、築年数は軽く四十年を越えるはずだ。
一、二階合わせて六部屋のうち、二部屋だけが埋まっていた。
一つは年老いた男性、もう一つには母と二人の娘が暮らしていた。

母親の名は津本栄子。昼間はスーパーのパート勤め、夜は水商売で一日を費やす。

その為、娘二人だけで過ごすことが多いようであった。

上の娘は明奈といい、今年から中学に通っている。下の娘は穂乃果ちゃん、まだ小学二年生だ。

明奈が小学生の頃は穂乃果ちゃんとともに帰ってきたのだが、中学に入ってからはどうしても帰りが遅くなる。

その間、穂乃果ちゃんはずっと一人である。無駄に電気代を使わないように躾《しつ》けられているのか、あるいは部屋にいるのが退屈なせいなのか、いつも玄関の前に座っていた。

篠田さんは見るに見かねて自宅でおやつを振る舞ったり、晩御飯のおかずを分け与えたりしたそうだ。

栄子の姿は週に一、二度見かけたら良いほうである。痩せ細った身体で死に物狂いで働く様が痛々しかった。

余計なお世話だと思いながら、生活保護の申請を提案したこともあるらしい。

だが、栄子は既に一度却下されていた。

二人の娘の進学の為に貯めた金が、断られた原因とのことであった。

母親の頑張る姿を見て育ったせいか、二人とも弱い者を労わる優しい少女達である。

特に明奈のしっかりした顔つきには、何があっても妹を守ってみせるという気持ちが表れていた。

いつか必ず、幸せが訪れるに違いない。篠田さんはそう信じていたという。

しかしながら、世の中は努力する者全てが報われるとは限らない。

一旦、深く打ち込まれた不幸の楔《くさび》は、汗水流して働いたぐらいでは抜けない。

初雪がちらついた夜、篠田さんの家に明奈が訪ねてきた。

背中に妹を背負っている。穂乃果ちゃんは姉の背中で眠っていた。

突然の訪問に戸惑う篠田さんに向かい、明奈は頭を下げて言った。

声が震えている。泣き出しそうになるのを堪えているようだ。

「母さんが倒れたって病院から連絡が来て。すぐに来てほしいって言われたんです。おばさん本当にすいません、車で送ってもらえないでしょうか」

様子を見にきた夫に事情を説明すると、夫は慌てて車庫に向かった。

「さ、あんたらも急いで。あたしも付いてくから心配しないで。大丈夫、お母さんきっと何ともないから」

唇を噛みしめてうなずく明奈を励ましながら、篠田さんは車へ急いだ。

車で十五分程度の場所にある総合病院だ。

夜間受付で名前を告げると、救急センターの看護師が出てきた。

看護師は二人を連れ、灯りの消えた廊下を進んでいく。

突き当たりに置いてあるベンチに二人を座らせた看護師は、静かに話し出した。

栄子は、救急センターに到着した時点で既に手遅れだったらしい。

懸命に手を尽くしたが、二人が到着する十分前に息を引き取ったという。

霊安室の中は外と変わらぬ寒さであった。

「こんなとこでねてないで、おうちにかえろ、おかあちゃん」

横たわる母の手を握りしめ、穂乃果ちゃんが呟く。

それを聞いた明奈は、まるで幼い子供のように声を上げて泣き出した。

篠田さんは見ているのが辛くなり、夫とともに廊下に出た。

廊下のベンチに座るやいなや、病院の事務員がやってきた。

栄子の姉を名乗る女性から電話が入っているという。

明奈はしばらく受け答えができそうにない。篠田さんは代わりに電話に出ることにした。

隣の家の者だと断った上で、分かっていることの一部始終を話す。

相手はしばらく絶句していたが、篠田さんが葬儀のことを切り出すとようやく話し出した。

「こっちで手配しますが、遠方からなので到着が明日の朝一になるんですよ。本当に申し訳ないんですが、それまで子供ら二人を預かってもらえませんか」

当然そうするつもりである旨を伝えると、栄子の姉は涙声で感謝して電話を切った。

事情を聞いた看護師は、朝までの期限付きなら遺体を預かれると約束してくれた。

「あんた達はおばちゃんの家に来なさい。とりあえずご飯食べなきゃ」

母親の側で朝を待つと言い張る明奈に、あなたが妹を守らなきゃどうするのと説得し、
篠田さんは二人を連れ帰った。

家に着いたときには既に日付が変わっていた。

篠田さんは眠り込んだ穂乃果ちゃんを起こし、自らも車から降りた。

「すいません、すっかりお世話になっちゃって」

いいえ、どういたしましてと反射的に言いかけて止まる。

振り向くとそこに栄子がいた。

そんなはずがないという気持ちはあるのだが、栄子は余りにも自然体で立っている。

「おばちゃん、どうしたの」

穂乃果ちゃんが不思議そうに言った。明奈もじっと見つめている。

「え、いやあの、そこにあんた達の」

振り向くと栄子は消えていた。

「いや、何でもないわ。さ、お家入って。遅いからおにぎりか何かにしてあげる。先にお風呂入んなさい」

二人を先に家に上げ、篠田さんはもう一度振り向いた。

やはりいない。ちょっと疲れたかなと篠田さんは独り言をこぼし、自らの頬を叩いた。

そのとき、駐車場のほうから夫が走ってくるのが見えた。時々振り向き、今にも転びそうになりながら必死で走ってくる。

「でた。でたでた」

それだけを繰り返している。篠田さんは、どうしたか訊く前に答えの予想は付いていたという。

「栄子さんがいた。アパートの前に立って、こっち見てた」

予想通りの内容である。

「あなた、先に入って塩を持ってきてちょうだい。買い置きの袋があるはず」

自分でも分からないが、篠田さんはこのままにしておいてはいけないと思ったそうだ。

母親として、この世に我が子を残して死んでしまった無念は理解できる。

ただ、やはり死は怖い。家の中に入ってこられたら堪らない。

可哀想ではあるが、自分が死んだという事実を認めてもらわねばならない。

その為の行動であった。

篠田さんは、戻ってきた夫から袋を受け取ると、まずは玄関に盛り塩を設えた。

本当なら家の四隅に盛るべきだとは思うのだが、怖くて行けない。

お互いの身体に塩を振り、篠田さん夫妻は家に戻った。

「こんなもんで大丈夫なのか」

夫に言われるまでもなく不安でならないのだが、かと言ってどうしたらいいか見当も付かない。

とにかく子供達を休ませるのが先である。

篠田さんは台所に向かった。残りご飯を温め、おにぎりを作りながら、ふと顔を上げると栄子がいた。

咄嗟《とっさ》に側にあった塩を投げつけると、栄子の形相が変わった。

睨みつけるなどという生やさしいものではない。射貫かれるような視線に怯みながら、篠田さんは必死でお経を唱えた。

異変に気付き、駆け込んできた夫は情けない悲鳴を上げながらも、妻を守ろうとしたらしい。

台所に貼ってあった伊勢神宮の御札を剥がし、直訴状のように前に突き出したままお経を唱和し始めた。

どれが効いているのか分からないが、栄子は近づいてこようとしない。

だが、消えるまでには至らないようである。

他に何か有効な方法はないか、篠田さんは必死になって記憶を探ったという。

「酒、酒とかどうだ」

夫が大切に飲んでいる清酒をコップに入れ、栄子に向かってぶちまけた。

栄子は一瞬怯んだようである。が、決定打にはなりそうもない。

結果的に最も効いたのが、穂乃果ちゃんの声であった。

風呂から上がったらしく、穂乃果ちゃんが台所に向かってきたのだ。

無邪気な声で何事か言っている。明奈がそれをたしなめているようだ。

「おばちゃん、おなかすいた」

「穂乃果、ちょっと待ちなさいってば」

そのやり取りを聞いた途端、栄子は何とも言えない苦しげな顔つきになり、ふっと消えた。

台所に入ってきた穂乃果ちゃんは、塩と酒まみれの床に気付かないようだ。

「あらごめんね、今作って持ってくからそっちで待っててね」

笑顔で応える篠田さんに明奈が言った。

「母さん、来たんですね。隠さなくてもいいです。私にも見えてましたから」

明奈は泣くだけ泣いて気持ちが落ち着いたらしい。いつにも増してしっかりした顔つきになっていた。

「いつも言ってたんです。母さん、身体が弱かったから。一人で死ぬの寂しいなぁって。

母さん死ぬときは、あんた達も連れてこうかなって。私、いいよって言っちゃった。母さんが寂しかったら私らも悲しいしって」

でも、と明奈は篠田さんを見つめて言った。

「私、死にたくない。穂乃果を守らなきゃならない。おばさん、助けてください」

言われるまでもない。篠田さんは大きくうなずき、まずはおにぎりを仕上げた。

「とにかくお腹に何か入れましょう。朝日が昇るまで寝られないかもしれないし」

夫の提案により、篠田さんは仏間を籠城場所に選んだ。

塩、清酒、刃物、水晶のブレスレットなど、効き目のありそうな物をありったけ持ち込む。念の為、数年前に亡くなった義母が使っていたおまるも持ち込んだ。

お腹が満たされ、眠ってしまった穂乃果ちゃんを中心に置き、篠田さん達は仏壇に向かってお経を唱え続けた。

栄子は時折、襖《ふすま》の向こうから子供達の名前を呼んだ。

その都度、明奈が答える。

「母さん、私達一緒に行けない。寂しいだろうけど我慢して、私達を見守ってください」

それを聞いて栄子は、嘘つき、親不孝者と泣き叫ぶ。その繰り返しである。

延々と続くかと思われた夜が白々と明けていく。

小鳥のさえずり、新聞配達のバイクの音。

ありふれた日常の音が、これほどありがたいとは。篠田さんは涙ながらにそう感じたという。

朝ご飯を食べさせ、篠田さんは二人を病院に送り届けた。

既に栄子の姉は到着しており、遺体は葬祭業者が運んでしまっていた。

これ以上、できることはない。

栄子のことを話しておくべきか迷いに迷ったが、結局のところ言葉にはできなかった。

篠田さんは栄子の姉に一礼すると病院を出た。

振り向くと、明奈が穂乃果ちゃんと手を繋いでまっすぐに篠田さんを見つめていた。

それが最後である。

家に戻り、もっと何かしてあげられないか考えたが、それほどの気力が自分にないことが分かっただけであった。

あんな夜は一度だけで十分だという気持ちが、何よりも強かったという。

「守ってやりたいことは確かだったけど、何より可愛いのは自分だから」

篠田さんはそう言った。

つい先だってのことだ。

明奈と穂乃果ちゃんの現状が分かった。

篠田さんの夫が所用で上京した際のことだ。

飲み会に誘われ、歌舞伎町を歩いていたときに見かけたらしい。

髪を金色に染め、派手な化粧で下着が見えそうなミニスカートだったが、間違いなく明奈だったと夫は断言した。

明奈の隣には、同じく派手な化粧を施した穂乃果ちゃんがいた。

二人は、堅気とは思えない男に連れられ、夜の街に消えていったという。

「見た限りでは、栄子さんはいなかったように思う。さすがに、あんな姿になった娘を見たくないいんじゃないかな。ま、とりあえず二人が生きててくれて良かったよ」

篠田さんも同意見である。

井戸神様

千晶さんは二度、結婚に失敗している。

最初の夫は、人が好いだけが取り柄の世間知らずの弱い男であった。

そんな男が後先考えず、知人の保証人になったのが運の尽きである。

利子すら支払えないような多額の負債を背負わされてしまったのだ。

夫は必死で働いたが、それは見せかけの努力であった。

たった二週間すら保たず、千晶さんと息子の大輔君を捨てて逃げ出してしまった。

何とも酷い話だが、その日は大輔君の五歳の誕生日であったという。

千晶さんは天涯孤独の身であり、相談できる相手もいない。

たちまち生活に困窮し、借金の取り立てに責められ、水商売に就くことを余儀なくされた。

そこで出会ったのが二度目の夫である達也だ。

取引先に無理矢理連れて来られた達也は、この類の店に慣れていない様子であった。

それが幸いし、素人丸出しの千晶さんと話が弾んだらしい。

達也は千晶さんの境遇に涙し、二回目の来店時に結婚を申し込んできた。

自らも二年前に離婚を経験している為、無理を承知だがと達也は頭を下げた。

余りにも急な展開に戸惑う千晶さんだったが、全てに優先したのが安堵感である。

こうして千晶さんは池田千晶となった。

再婚同士ということからか、子連れでも達也の実家からは愚痴一つなく、二度目の新婚生活は順風満帆で始まった。

その年の夏、千晶さんは達也の実家に向かった。

初めて挨拶に来たときは一泊だけであったが、今回は三日間である。

池田家は小さな集落の中で、一際目立つ豪邸であった。

前回おとなしくしていた息子は、初めて見るものばかりの家に目を輝かせ、広い敷地内を探検に出かけようとしている。

その後ろ姿に達也が一声掛けた。

「大輔君。庭の奥に井戸があるけど、近寄らないようにね」

千晶さんは一緒に行こうとして腰を上げた。

「落ちたりしたら大変だわ」

「いや、今はもう使ってないし、蓋も乗せてあるから大丈夫だよ」

達也の言葉に安心し、千晶さんはのんびりすることに決めた。

達也が引っ張り出してきた家族のアルバムに目を通す。

明日は親戚一同が勢揃いするという。

結婚式は、ごく身内だけで済ませた為、知らない顔も多い。

今のうちにできる限り、名前と顔を一致させておきたかったのだ。

アルバムの中程まで進んだとき、庭の奥から大声が聞こえてきた。

大輔君の泣き声がそれに重なる。二つの声が徐々に近づいてきた。

憤怒の形相を浮かべた男が、大輔君の手を引いて向かってくる。

先ほどのアルバムで見た男だ。確か、分家の叔父で名前は礼治。

礼治は大輔君の腕をねじ上げ、怒鳴った。

「この糞ガキ、オイドサマに石を投げ込みやがった」

オイドサマとは何なのか、咄嗟に判断が付かず、千晶さんは振り返って達也を見た。

達也は苦り切った表情を浮かべて動こうともせず、大輔君を睨みつけながら言った。

「だからあれほど井戸には近づくなと言ったのに」

ああそうか。〈御井戸〉様か。

意味は分かったが、ここまで激高する理由が分からない。

石を投げ入れる行為は褒められたものではないが、今はもう使っていない井戸のはずだ。

とにかく千晶さんは、裸足のまま庭に降りた。地面に額を擦りつけて土下座し、許しを乞う。

が、礼治は全く無視である。

達也が庭に降り、千晶さんの背後に立つ気配がした。

「仕方ないな」

一緒に謝ってくれるのかと感謝した千晶さんを跨ぐようにして、達也は大輔君に近づく。

「大輔君。お父さん、さっきお願いしただろ。井戸に近寄ったら駄目だよって。君が石を投げ込んだから、井戸の神様が凄く怒ってる。この家を守ってくれてる大事な井戸なんだ。お父さんも困るし、君が大好きなお母さんはもっと困る」

大輔君は、泣きながらも達也を見ている。

「だから、井戸の神様に謝りに行こう。簡単だよ、神様の像があるからごめんなさいって言うだけで済む」

千晶さんは、内心ほっとしたという。

そのぐらいなら特に案ずる必要はない。自らも説得にかかった。

「大輔。悪いのはあなたなんだから、謝ってきなさい」

幼い子供にとって母親は絶対である。ようやく泣き止んだ大輔君は、達也に手を引かれて歩き出した。

達也は途中、物置らしき小屋に立ち寄り、何かが詰まった麻袋を持ち出した。

広い庭の奥、鬱蒼《うっそう》と茂る木立の中に井戸はあった。

昔ながらの掘り抜き井戸と呼ばれるものだ。直径は一メートルあるかないか。

苔生した石で固められ、いかにも歴史を感じさせる外観であった。

が、肝心の神様の像らしき物は見当たらない。

「やれやれだな」

達也は面倒臭そうに愚痴をこぼし、持ってきた麻袋からロープを取り出した。

かなりの長さである。達也はそのロープの先に輪を作り、大輔君の身体に引っ掛けた。

「さあ、大輔君。井戸に入りなさい。神様の像は底のほうにあるからね。お父さんと叔父さんがロープをしっかり持ってるから大丈夫だけど、暴れたりしたら落ちるかもな」

予想外の展開に千晶さんが戸惑っている間に、大輔君はそろそろと降ろされ始めた。

ロープはいつまでも繰り出されている。思いの外、深い井戸だ。

どこまで降ろすつもりなのか不安になり、千晶さんは井戸を覗き込もうと近づいた。

途端に達也が声を荒らげる。

「来るな。そこにいろ」

今まで見せたことのない険しい顔つきに、千晶さんの足が竦んだ。

そのとき、ロープが止まった。どうやら着いたようである。

大輔君の心細げな声が聞こえてきた。

「何もないよ。ねぇ、何もないってば。水が臭いから早く上げてよ」

「少し待っていなさい。出てくるから」

出てくるとはどういうことだ。

千晶さんが疑問を呈する前に、大輔君が答えを絶叫した。

「上げて上げて上げて、何かいる、怖いよ早く」

「早く謝りなさい。そんな大声出してると、神様が余計にお怒りになる」

達也が静かな声で話しかけたが、大輔君は尚も叫んだ。

「神様なんかじゃない、女の人だよ、嫌だ嫌だ、腐ってるよこの人」

そこから後は悲鳴しか聞こえてこなくなった。

井戸に反響する悲鳴は、さながら獣の咆哮《ほうこう》である。

微かに、女の笑い声が混ざっている。

いったい何が起こっているのか想像もできないが、とにかく千晶さんは大輔君を助けようと動いた。

「来るなと言ってるだろ」

再び制された。今回はいつもの優しい声に戻っている。しかも微笑みを浮かべている。

達也と礼治は井戸を覗き込み、ゆっくりとロープを引き上げ始めた。

「いつもより長かったな」

「楽しんだんだろ。血筋の子じゃないし」

「しかも二年ぶりだ。仕方ないな」

会話の内容は気になるが、それより今は我が子だ。千晶さんは今度こそ駆け寄った。

大輔君の頭が見えてきた。もう、声は上げていない。静かなものだ。

上半身が現れた。うなだれていて顔が見えない。腰から下が現れた。

ずぶ濡れで水が滴り落ちている。

「よいしょっと。案外、重いな」

「ほい、ご苦労さん」

引きずり出した大輔君を達也と礼治は二人がかりで丁寧に地面に横たえた。

目は閉じているが、意識はあるようだ。

「大輔、しっかりして。母さんよ」

肩に手を掛け、揺さぶる。ようやく目が開いた。

充血した目で千晶さんをじっと見つめながら、大輔君は身体を起こした。

何事もなかったかのように立ち上がり、ロープを外す。

三人に目もくれず、大輔君は母屋へ向かって歩き出した。

その足取りもしっかりしている。

追いかけようとした千晶さんは、大輔君の背中を見て思わず足を止めた。

黒い手形がべたべたと一面についていたのである。

その手形には、中指と薬指が欠けていたという。


親族一同が続々と集まる中、千晶さんは何が起こったのか説明してほしいと食い下がった。

が、達也は曖昧に受け流すだけである。

警察に行くとまで言ったが、一笑に付されただけであった。


その夜、大輔君は食事も取らずに眠りに就いた。

夜中に一度だけ悲鳴を上げたが、それ以外は何事もなく夜明けを迎えた。

見たところ、いつもの大輔君と全く変わりがない。

が、決定的なところが違っていた。

大輔君はこの日以降、小学生になった現在でも、一切感情を見せないのである。

会話もない。まるで人形のようだ。

千晶さんは、大輔君の笑顔すら忘れてしまったという。

最初の夏休みを迎える前に、とうとう学校にも行かなくなった。

何度か治療も試みたが、全く歯が立たない。

先月、千晶さんは夫の目の前に離婚届けを置いた。

既に予想していたのか、夫は何も言わずあっさりと捺印した。

慰謝料と称して、生活に不自由しない金額が振り込まれたが、金で買えないもの全てを千晶さんは失ってしまった。


魂が抜けたような大輔君と向き合って暮らすうち、千晶さんはある決意を固めた。

近々、夫の実家に向かうという。

既に一度、事前調査は済ませているそうだ。

裏道を選んでいけば、誰にも見られずに井戸に近づけるらしい。

手土産は、わざわざ肉屋であつらえた大量の牛と豚の臓物。

血抜き処理はしていないとのことである。

公園友達

時計の針が九時を指した。テレビの子供番組も既に終わっている。

智子さんは二歳になったばかりの我が子を見て、溜め息を吐いた。

会社勤めをしている頃は、人間関係の悩みが溜め息の原因だった。

結婚してしばらくは溜め息など忘れていたのだが、ここ数日で完全に復活していた。

その原因が我が子である佳奈ちゃんだった。

「ママおそと」

佳奈ちゃんは外が大好きだ。それは母親にとって、ありがたいことだとは分かっている。

沢山遊んで身体を動かせば、夜もぐっすり眠ってくれるし、成長にも良い。

育児書に頼るまでもない常識だ。

二歳になった佳奈ちゃんは、自宅の庭だけでは満足できなくなったらしい。

しきりに「ママおそと」と訴えてくる。佳奈ちゃんは、決して「パパ」とは言わない。

パパは遊んでくれないのをよく分かっているのだ。

親が勧めるままに見合い結婚した夫の信二は、育児など母親の役目だと言い放って憚らない。

嘘か本当か知らないが休日でも出勤し、帰ってくるのは真夜中過ぎだ。

珍しく定時で帰ってきたとしても、佳奈ちゃんと遊ぶことはない。

男の子が欲しかったのにと言われてから、智子さんは信二に頼るのを止めていた。


それは三日前の午前九時。

智子さんは、佳奈ちゃんを連れて外に出た。その日を公園デビューと決めていたのだ。

向かうのは、自宅から五分の場所にある公園である。

ブランコ、滑り台、シーソーなど基本的な設備は整っており、樹木も手入れが行き届いていた。

公園に入りかけた智子さんは、思わず足を止めた。

滑り台の周りに五、六人の親子連れがいる。我が子そっちのけで会話が弾んでいる様子が見て取れた。

軽く挨拶をして、今日が公園デビューなんですとでも言えば済むことである。

後は佳奈ちゃんを見守りながら、適当に話を合わせればいいだけだ。

けれども、人と話すのが苦手な智子さんにとって、それは高いハードルであった。

会社勤めの頃に悩んだ人間関係も、実のところ智子さんが一方的に苦しんだに過ぎない。智子さんは子供の頃からずっと、友人を作るのが苦手であった。

大勢の人の前で発表するのが苦痛で、初対面の人と話そうとすると身体が震えてくる。それでも何とか大学を無事卒業できたのだが、社会に出て仕事の責任を負うようになってからが大変だった。

伝達能力に劣る自分を卑下し、相手の一言一句を恐れ、果ては顔を上げることすらできなくなった。

自分が何らかの障害を抱えているのは分かっていたが、心療内科を受ける勇気がなかったそうだ。

どうしたらいいか迷いに迷っている頃、見合い話が来た。智子さんは、退職できるという理由だけで結婚を決めたという。

事実、結婚してからは家事だけを考えていれば良かった。遊びに行こうと誘ってくれる友達はいなかったが、それは全く気にならなかった。

佳奈ちゃんができてからは、育児に追われる毎日だ。

自分に障害があることさえ忘れていたのだが、公園の入り口に立った瞬間、人と話す怖さが一気に蘇ってきたのである。

結果として智子さんはその日、公園に入らずに帰った。

ぐずっていた佳奈ちゃんには、おやつを与えてごまかしたのだが、ごまかせないのは自分の心である。

このままではいけない、私のせいでこの子まで人との付き合いが下手になってしまう。

智子さんは自らを叱咤し、翌日再び公園に向かった。

敢えて同じ時間帯を選んだおかげで、予想通り同じグループに出くわした。

今度こそ声を掛ける、私の為じゃなく佳奈の為に。

自らを奮い立たせ、智子さんは声を掛けた。

だが、返ってきたのは露骨な無視であった。

一気に心臓の鼓動が早くなり、嫌な汗が滲みだす。指先が震えてくるのが分かる。

それでも智子さんは頑張った。

聞こえなかったのだと自分に言い聞かせ、もう一度挨拶したのである。

今度は返事が返ってきた。グループの中心で腕組みしている女性が代表して言った。

「聞こえてるわよ。はい、こんにちは」

それだけを言い返し、グループはまた自分達だけの世界に戻った。

こうして二度目の挑戦は三分で終わった。

泣きわめく佳奈ちゃんを抱き上げ、智子さんは逃げるように公園から出た。

わざとらしい声が背後から投げつけられた。

「帰るときは挨拶なしなのね」


そしてまた午前九時がやってきた。

外は憎らしいほどの上天気である。

佳奈ちゃんは母親の気持ちなどそっちのけで「ママおそと」を繰り返している。

公園は別にあそこだけじゃない。この子だって、今は別に友達が欲しい訳でもない。

ただ単に外に行きたいだけだ。だったら、誰もいない静かな公園を探そう。

そこまで自分に言い聞かせて、智子さんはようやく立ち上がれた。

自転車に佳奈ちゃんを乗せ、あのグループが占領している公園とは正反対の方向に向けて走り出した。

五分ほど走り、一つ目の公園発見。だがここも大きなグループが占領している。

更に五分ほど走ると、目の前に小さな森が見えてきた。

『この先、自転車は入れません』と書いた看板が立ててある。木立の隙間から、広場らしきものが見えた。

耳を澄ますと山鳩の声が聞こえてきた。

子供達が遊ぶ声どころか、人の気配すらない。

ここならいいかもしれない。そう思わせる空気が満ちている。

智子さんは佳奈ちゃんの手を引いて、森の中を進んでいった。

木漏れ日が地面に描く水玉模様が気に入ったらしく、佳奈ちゃんは歓声を上げている。

少し歩くと、やはり広場があった。遊具は何一つないが、ベンチが幾つか置いてある。

その一つに、先客がいた。白いシャツとジーンズ姿の女性だ。

女性は読んでいた本を膝の上に置き、顔を上げた。

「こんにちは」

とても優しい声だった。

智子さんは、これほど優しい声を生まれて初めて聞いたという。

思わず泣きそうになってしまい、返事が遅れた。

女性が心配そうに自分を見ていることに気付いた智子さんは、慌てて答えた。

「あ、あの、こんにちは。初めまして、すいません、お邪魔ではないですか」

智子さんの慌てぶりがおかしかったのか、女性は目を細めて微笑んだ。

何もかも包んでくれそうな笑顔を見せられ、とうとう智子さんは涙をこぼしてしまった。

一旦溢れた涙は、止めようがなかった。

いきなり泣き出すなんてみっともないというよりも、単純におかしな人だとは思うが、どうしようもない。

「すいません、ちょっと嫌なことがあって」

そう弁解するのがやっとである。

それでも女性は優しい微笑みを崩さず、智子さんを見守っている。

その微笑みに励まされた智子さんは、公園で遭遇した嫌なことを説明した。

それだけに留まらず、過去のことまで話してしまった。

数分前に出会ったばかりの他人に、対人恐怖症までも打ち明けている自分が信じられなかったが、この人なら全てを受け入れてくれるという不思議な安心感があったという。

かれこれ二十分は話し続けていたかもしれない。

けれども、その女性は最後まで聞いてくれた。

全て話し終え、気が抜けた智子さんに向かい、その女性は小首を傾げて訊いた。

「あなた、お名前は」

「いやだ、名前言ってなかったですか。木瀬智子です。この子は佳奈」

「私は大西聡美。ね、智子さんって呼んでいいかしら。私のことは聡美でいいわ」

恥ずかしさに頬を赤らめる智子さんの手に、自分の手を重ねて聡美さんはこう言った。

「お友達になりましょう。私はいつでもここにいるから」

突然の申し出に智子さんは戸惑ったが、それよりも喜びのほうが大きかった。

友達ができた。それも、こんな素敵な人が。

人生で初めてといっていい感動であった。

その日の午前中、智子さんは聡美さんの隣に座り、時を過ごした。

聡美さんは時折、小さな声で歌を歌った。

その歌声を聞いているうちに、ここ数日の不安や焦りが嘘のように消えていったという。


それからの智子さんは午前九時が待ち遠しくなった。

雨の日以外は、必ず聡美さんに会いに行った。

土曜も日曜も関係ない。どうせ、信二は仕事と称して家にいないのだ。

聡美さんは、午前九時から昼十二時までしかいられないらしく、会えるのは僅か三時間だけである。

「姑が病院に行ってる間しか外出できないのよ」

聡美さんはそう説明し、携帯電話すら持たせてくれないと嘆いた。

「貞淑な妻は家にいて夫の帰りを待っていればいいのです。ですから、携帯電話など無用です」

姑の口真似らしいが、大袈裟な様子に智子さんは笑った。

本当に楽しい時間なのだ。おかげで智子さんは雨の日が大嫌いになった。

今日は何を話そう、どんな歌を歌ってもらおう。そう考えるだけで心が弾む。

佳奈ちゃんが朝ご飯をなかなか食べ終わらないときは、途中で止めさせて出かけたほどだ。


その日、佳奈ちゃんがいつにも増してぐずぐずしていた為、智子さんは後頭部を叩いて注意したそうだ。

佳奈ちゃんが座り込んで泣き出したので、手を引っ張って立たせようとしたのだが、更に泣き出す始末だ。

いつもは育児に関わろうとしない信二が、偉そうに「それって幼児虐待じゃないのか」などと言い出すのを無視し、智子さんは佳奈ちゃんを叱りつけた。

「早くしないと九時過ぎちゃうでしょ。もう、置いてくわよ」

「いい加減にしないか。佳奈が怯えてるだろ。そんなに急いでどこへ行こうって言うんだ」

何、この人。珍しく休日に家にいるだけで、何をいきなり父親づらしてるの。
智子さんは不思議でならなかったという。
泣き止まない佳奈ちゃんを抱き上げ、智子さんは玄関に向かった。
「おい待てってば。どこに行くんだって聞いてんだよ」
急がなきゃ。聡美さんが待ってる。後ろで何かが吠えてるけど、無視無視。
智子さんは自転車に佳奈ちゃんを積みこむと、全力で走り出した。
あまりの速度に佳奈ちゃんは泣くのも忘れ、怯えている。
智子さんは更にペダルを力強く踏んだ。
そのときは、自分の後を信二が付けていることに気付かなかったそうだ。

信号を無視して必死で急ぎ、どうにか遅刻は五分で済んだ。
聡美さんが待っている。あの優しい笑顔に早く会いたい。
のろのろ付いてくる佳奈ちゃんを待っていられず、智子さんは走り出した。
いつもの場所、いつものベンチ、そしていつもの笑顔。
「ああ、いてくれた」
思わず言葉になる。

「言ったでしょ、私はいつでもここにいるからって」

「そうよね、聡美さんは約束を破るような人じゃない」

「おまえ、誰と話してんだ」

いきなり背後から声を掛けられ、智子さんは振り向いた。

信二がいた。佳奈ちゃんの手を引いている。

「あんた、何でここにいるの。もしかして付けてきたの。何て奴。ごめんなさい、聡美さん。すぐに出ていかせるから」

信二はずかずかと近づいてきて、智子さんの頬を平手で叩いた。

「しっかりしろ。聡美って誰だよ。おまえ、ここがどこか分かってんのか」

「何言ってんのよ。公園に決まってるじゃない。そのぐらい、見て分かんないの」

「違う。ここは墓地だ。おまえが話しかけてるのは誰かの卒塔婆《そとば》だ」

もう一度強く叩かれた瞬間、智子さんは目が覚めたという。

薄く霧が掛かった頭の中が急激に晴れていく。

二、三度まばたきすると、より一層意識がはっきりしてきた。

確かに墓地だ。

自分がベンチだと思っていたのが、倒れている墓石だと分かり、智子さんは慌てて立ち上がった。

目の前に古びた卒塔婆が立っている。墓石は見当たらない。卒塔婆だけだ。

花や線香は供えられた痕跡すら残っていない。長い間、誰も訪れていないようである。

卒塔婆には、大西聡美と記されてあった。

それからしばらく、智子さんは高熱を発し、起き上がることもできなかった。

その間、家事や育児一切を切り盛りしたのは信二である。

信二は、溜まっていた有給を申請し、慣れないながらも奮闘したそうだ。

智子さんは、自分がいかに夫を誤解していたかを思い知らされ、涙を流して感謝したという。

信二は、墓地の持ち主である寺を訪ね、分かる限りのことを調べてきてくれた。

事前に智子さんから聞いていた女性の特徴を述べ、知り合いの墓かもしれないと切り出したおかげで、人の好さそうな住職は古い台帳を引っ張り出してきたそうだ。

それによると、大西聡美が亡くなったのは今から十二年前。

家族は現存しているはずだが、永代供養の対象となっているらしい。記録には、戒名の必要なしとある。

少なくとも、本堂には誰一人として顔を出したことはないという。
起き上がれるようになってから、智子さんは市役所に行った。
離婚届の用紙をもらい、自分の名前と印鑑を捺した。
あとは折りを見て夫に手渡すだけだ。
夫の優しさと、自分が幸せだということを知った上での行動である。

あの場所はいつも木漏れ日に溢れている。
私も聡美さんと同じように本を読み、時々は歌も教えてもらおう。
もちろん、そこに夫などいらない。佳奈もいらない。家にはもういたくない。
聡美さんの隣こそが私のいるべき場所なのだ。
最近は、そんなことばかり考えていると智子さんは言った。

ねぶり箸

真知子さんはかれこれ小一時間ほど夫の和男さんと言い争っていた。

事の発端は、和男さんの家に昔から伝わっている儀式である。

儀式とはいっても、それほど大袈裟なものではない。

誰かが亡くなったときに、故人の食器を使って食事をするというだけのものだ。

一昨日、和男さんの祖父が亡くなり、真知子さんは夫婦揃って帰省していた。

二人が結婚して初めての葬儀である。当然、今回の儀式も初めての経験だ。

「亡くなった人と疎遠だった奴が受け持つんだよ。多分、今回は君だな。疎遠というか、結婚式で会ったきりだもんな」

和男さんは当たり前のように説明したのだが、それを聞いた真知子さんは絶句した。

世間一般では故人の食器は割ったり、墓に入れたりが普通だ。

その食器を使って食事をするなど聞いたことがない。

だが、真知子さんが言葉を失ったのはそれが理由ではなかった。

要するに生理的な嫌悪感である。真知子さんは潔癖症なところがある。

自分の所有物は他人に使わせず、他人の物は使わない。その基本ルールを逸脱する行為が許せない。

そんな真知子さんが死んだ人の食器を使えるはずがない。

猛然と抗議したのだが、和男さんは笑って聞こうとしない。

「大丈夫だって。きちんと洗うし、何なら熱湯消毒もするから」

どうにも逃げられそうにない。真知子さんは和男さんに八つ当たりした。

「大体ね、何でそんな妙な儀式があるのよ。いつ誰が始めたのよ」

和男は返答に困ってるようだ。そう言えばいつからなんだろ、等と呟いている。

ちょっと訊いてくると言い残して席を離れた。

結果として、誰にも分からなかったという。

一番の年寄りである分家の曽祖父が子供の頃には、既に当然のように並べてあったそうだ。それが当たり前の習慣だと疑いもしなかったらしい。

恐らく、何代も前の御先祖様だろうとのことであった。

「とにかく座って、箸を付ける真似をしてくれりゃいいし」

そのぐらいなら何とかできるかもしれない。新婚夫婦として、妙に抗うのも後々面倒なことになりそうだ。真知子さんは渋面を押し隠し、会席の場に向かった。

つい先ほど、葬儀が行われた公民館の二階である。既に杯を交わしている者もいる。

席は二十席、十かける二列である。問題の席は一番前と聞かされていたのだが、左右とも誰かが座っている。

右側は本家の祖母。左側には、一昨日亡くなったばかりの祖父が座っている。

ごく普通に、そこにいるのが当たり前のように座っているのだ。

「どうした。さっき納得しただろ」

足が竦んで立ち尽くした真知子さんを促し、和男さんは適当に開いている席に座ろうとしている。

真知子さんは、慌てて夫を止めると耳元で囁いた。

「おじいさんが座っている」

「はいはい分かったから。もう、いい加減にしろよ。座って箸付けたらビールでも注ぎに回ればいいだろが」

和男さんはうんざりした顔で言う。

どうしたらいいか分からず、改めて席を見ると、いつの間にか祖父は消えていた。

会席が始まったら夫が言ったように箸を付ける真似だけして、あとは席を回ろうと覚悟を決める。

それでもまだ足は震えていたが、真知子さんはとりあえず席に座った。

並べられた食器を見る。茶碗が一カ所欠けていたが、それ以外は全く異常がない。湯飲みも漂白されたらしく茶渋すら残ってない。新品同様とまではいかないが、気にするほうがおかしいレベルだ。

他の席に運ばれている料理は、仕出屋の器にそのまま盛られている。

真知子さんの席だけ、手順が異なった。仕出屋の器から一々取り出し、故人の食器に移し替えていくのだ。

準備が整い、喪主の挨拶も済み、いよいよ会食開始である。

真知子さんは祖父の箸を手に取った。それだけでも嫌で堪らない。

この箸は、他人の口に入ったのだ。そう考えると、どれほど洗ってあっても無理なものは無理だ。

真知子さんは作戦通り、その箸で鯛の刺身に触れ、そのまま置こうとした。

ところが手が言うことを聞かない。そのまま置くどころか、刺身を口に持ってこようとしている。

真知子さんは自由が利く左手で右手を押さえつけようとした。

その瞬間、目の前に祖父が再び現れた。にたり、と笑った祖父は、すーっと自分の右手を上げ始めた。

それにつられるように、真知子さんの右手が上がっていく。逆らえない。助けてと叫びたいのに、声すら出せない。箸を離してしまおうとしたが、指先は固く閉じたままだ。

祖父は更に右手を上げ、何か食べる真似をした。

次の瞬間、真知子さんの口に祖父の箸が入った。

ぬるりとした刺身の食感が、口中に広がる。吐きそうになりながら咀嚼《そしゃく》し、飲みこむ。

次々に料理が口に運ばれていく。真知子さんは操られるまま、次々に食べていった。

殆ど料理がなくなった膳の上に祖父がふわりと座った。

真知子さんの右手が上がり、祖父の顔に近づいていく。

祖父はまたもや、にたりと笑い、べろりと箸に舐《ねぶ》り付いたという。

様子がおかしいことに気付いた和男さんが声を掛けなければ、真知子さんは前を向いた
まま泣き出していたかもしれない。

祖父は満足げに微笑み、消えた。

ようやく動けるようになった真知子さんは、便所に駆け込み、思う存分吐き戻したそうだ。

席に戻ると、義母が近づいてきた。心配そうに眉を顰《しか》めている。

「ごめんなさいね、気持ち悪かったでしょ」

「あ、いえ。大丈夫です」

「ほんとにもう、じいちゃんたらイタズラ好きなんだから。わざわざ舐り箸なんてしなくてもいいのにねぇ」

そう言って薄く笑った。

自分一人だけが見えた訳じゃないと分かり、ほっとした真知子さんは、ふと気付いた。

そこまで見えていながら、何故この人は助けてくれなかったのだろう。

そう思ってから、義母の態度の一つ一つが気に障って仕方なくなってきた。

それでも真知子さんは、義母と親密に連絡を取り合い、しょっちゅう顔も出している。

この人が死んだとき、あの儀式を担うのは絶対に嫌だからというのが理由である。

潮騒の母

母親の葬儀を終えた翌日から、向井さんの家に異変が起き始めた。
仏壇の前に水が溢れていたのが最初だ。
まだ扉を開けておらず、花瓶や湯飲みなどの水に関わるものは置いてなかった。
買ったばかりの花を仏壇に供えようとして気付いたという。
雨漏りなどしたことがないし、第一この数日は晴天が続いている。
不思議に思い、その水を触ってみた。
心なしか粘つく。しかも臭う。
訳の分からぬまま、とりあえずティッシュで拭っておいた。
翌日も水は溢れていた。
少し量が増えている。おかげで、何の臭いか判明した。
海水だ。
そう言えば、部屋に潮の香りが漂っている。
おかげでより一層分からなくなった。

向井さんの母親は、若い頃に海で溺れた経験があり、浜辺に近づくのはおろか写真を見るのも嫌がったのだ。

この現象の原因が母親だとすると、何を伝えたいのか見当も付かない。

何かしらの未練が残っており、それを解決してほしいのかもしれない。

そう考えた向井さんは、親戚縁者に訊ねて回った。

だが、誰一人として心当たりがある者はいなかった。

「そう言えばおまえ、加奈子さんには訊いたのか。最期を看取ったのは加奈子さんだろ」

言われるまで気付かなかった自分に苦笑しつつ、向井さんは帰宅した。

真っ先に訊くべきは自分の妻、加奈子である。

嫁姑の垣根を越え、実の母娘のように過ごしてきた妻ならば、母が海にこだわる理由を知っているはずであった。

「あら、そんなことがあったの。全然気付かなかった」

「見つけたら俺が拭いていたからな。どうだ、何か心当たりはないか。おふくろ、最後の最後に何か言ったとか」

妻は首を傾げている。

「何も言われてないわ。第一、お母様はもう何も話せなかったし」

臨終に間に合わなかった向井さんには知る由もないことであった。

結局、何も分からないままである。

その後も海水は溜まり、潮の香りは日に日に強くなっている。

家の中の金属部品が錆びてしまうぐらい、濃厚な気配に満たされているそうだ。


つい先日、向井さんから後日談を聞くことができた。

話は離婚の報告から始まった。

直接の原因は向井さんの浮気である。

「家にいるのが嫌になったから」とそれらしい理由を挙げているが、元々女好きな人だ。

今までにも何度かトラブルを起こし、その都度平謝りに謝ってきた前例がある。

加奈子さんは、ほとほと呆れ果てたのだろう。

弁解を聞き入れようとせず、頑なに離婚の申し出を取り下げようとしなかった。

これで最後という日、加奈子さんはタクシーの窓から顔を出してこう言ったそうだ。

「最後に教えてあげる。あたし、お母さんが大嫌いだった。だから、葬儀のあとにこっそりお骨を取り出して海に捨てたの。多分、それを知らせたいんだと思う」

唖然とする向井さんを残し、タクシーが動き出した。

「母さん、絶対おまえのところにも行くぞ」

投げつけた言葉に、加奈子さんは「来たらまたイジメてあげるわ」と言い返して微笑んだという。


向井さんの家は相変わらず潮の香りと海水が絶えない。

どうしようもないから放置してある。

母親の墓から骨壺を取り出して中を調べたのだが、フライドチキンの骨が入っていたそうだ。

赤い屋根の家

今年の秋、森川さんは関西地方の事業所に移動になった。

恐らくはこれで最後の移動である。独り身の気楽さの他に、移動先が生まれ故郷の近くであったことが快諾の理由であった。

配属された総務課は、今までの経験が活かせない業務であったが、定年まで後五年頑張るつもりである。

幸い、同僚達も気の良い連中ばかりだ。忙しいのは確かだが、売り上げのノルマはない。気楽といえば気楽な仕事であった。

一つだけ面倒なことがある。喫煙コーナーが四階にしかないのだ。

エレベーターはあるが、貨物優先の為に使えない。健康の為に階段を使用してタバコを吸いにいく矛盾に苦笑いしながら、禁煙だけはできそうにない。

その日も森川さんは昼飯後を喫煙コーナーで過ごしていた。

外は秋晴れである。窓から見える遠くの山々は既に紅葉に彩られている。

周辺は市が指定した準工業地帯であるが、住宅も多い。

殆どが古い家だ。その中に一軒だけ赤い三角屋根の家があった。

他の家や工場に彩りが少ない分、その赤い屋根は非常に目立った。

気が付くと、何故かいつもその家ばかり見てしまっている。

三角屋根には屋根裏部屋があるらしく、両開きの窓があった。

不思議なことだが、森川さんが見ている間に必ずその窓が開くのだという。

例によってその家を見ていると、同僚の北沢が話しかけてきた。

「いい天気っすねえ」

北沢は森川さんの隣に陣取り、同じように外を眺めた。

「あれ？　おかしいな、窓が開いてる」

窓という言葉が気になり、森川さんは北沢を見た。どうやら視線は赤い屋根の家に向けられているようだ。

「窓ってあの三角の家かい？　あれっていつも開いてるけど」

「いや、だってあの窓は開かないはずなんですよ」

どういうことか興味を覚えた森川さんは、北沢に説明を求めた。

他人から聞いたことだが、と前置きして北沢は話し始めた。

あの家に暮らしていたのは、両親と双子の姉妹の四人である。

父も母も四十代の働き盛りで、建てたばかりの家のローンを繰り上げ返済しようと躍起になって働いていた。

中学生になったばかりの姉妹は、洗濯や掃除、どうかすると食事の支度まで頑張ってやっていたらしい。二人揃って買い物に来る姿がよく目撃されたそうだ。

時折、庭先でバーベキューを楽しんでいることもあった。

倹《つま》しいながらも幸せに満ちた様子が見て取れたという。

ところが思いがけない形で不幸は待ち構えていた。

父親が勤めている会社が倒産してしまったのだ。父親は、何とかして家と家族を守ろうと懸命に働いたのだが、それが却って災いを招いてしまった。

無理を重ね、病に倒れてしまったのである。

赤い屋根の家が最初に迎えた不幸は、父親の死であった。

一旦招き入れた不幸は勢いを増していった。父親の保険金は、家のローンは賄えたものの、三人が余裕を持って暮らしていけるほど残らなかった。

次に無理を重ね始めたのは、当然ながら母親である。

いっそ家を売ってしまえばいいのだが、母親はどうしても守り抜く気でいるようであった。

歪んだ暮らしは、姉妹にも影響を及ぼし始めた。

二人が揃って買い物に来ることが少なくなってきた。姉は部屋に引きこもったまま出てこないのではないかと噂されていた。

その噂の根拠となったのが、屋根裏部屋の窓である。

一日中、姉は窓を全開にして空を眺めているというのだ。

買い物にきた妹に、町内のお節介な女性が訊いたらしい。

その結果、家事全てを妹のほうが受け持っていることが判明した。

赤い屋根の家が二番目に迎えた不幸は、そんな妹の死であった。

金銭的な問題で、望んでいた高校に行けないというのが遺書に残された理由である。

だが、先が見えない暮らしに嫌気が差し、発作的に死という逃げ道を選んだのだろうと言われていた。

妹が死んでから、姉は窓を開けなくなった。

母親と二人で暮らしているはずだが、その形跡が見られないという。

「洗濯物とかもないし、夜に灯りが点いてたこともないそうなんすけどね。でも二人はあの家で暮らしてるんです」

どうしてそう言い切れるのか、というか何故そんなに見てきたように詳しく話せるのか。

森川さんは、その二点を問い質そうとしたのだが休憩時間の終了を告げるチャイムに邪魔をされてしまった。

喫煙コーナーを出る前に、もう一度あの家に視線を向けた。

開け放たれた窓辺に女がいた。

女は森川さんに向けて手を振っていた。


その日の業務が終わり、事業所の正門を出たところで森川さんは気持ちを固めた。

あの家に行ってみよう。行ってどうするという訳ではないが、どうにも胸がざわついて仕方がなかった。

窓から見えた景色を頼りに歩き出した。五分ほど経つと、赤い屋根が見えてきた。

向こうに見える角を曲がれば、全体が見えるはず。あと少し。もう少し。着いた。

北沢の言う通り、生活している様子がない。

灯りが灯り始めた町並みの中、あの家だけがひっそりと黒く沈んでいる。

可能なら少しだけ中を覗いてみようと決め、森川さんは玄関に向かった。

鍵は掛けられていないようだ。扉は軋《きし》むこともなく開いた。

その途端、家中の灯りが一斉に点った。

「ただいま。今帰った」

「お帰りなさい、早かったわね」

台所から妻が手を拭きながら現れた。優しい微笑みだ。

「ああ、ようやく仕事に慣れてきたからな。杏奈はどうした、まだ部屋にいるのか」

「大丈夫だよ、お父さん。私もちゃんとするから」

二階から娘が降りてきた。髪をとかし、薄く化粧もしているようだ。

良かった、どうやら妹が亡くなったショックから立ち直れたようだ。


このとき、森川さんは自分が何をしているのか明確に分かっていたという。

この二人が自分の家族だということも、共にこの家を守っていかねばならないことも理解できたそうだ。

それから数日掛けて、森川さんは引っ越しを完了した。

昼飯後の喫煙コーナーで、赤い屋根の家をしみじみと眺めるのが森川さんの最近の日課である。

二本目のタバコに火を点けたとき、同僚の北沢が話しかけてきた。

北沢は、あの家に関して詳細に話したことは覚えていないようだ。

「あれ？　おかしいな、窓が開いてる」

森川さんは朗らかに微笑んで言った。

「おかしくなんかないさ。あの家には素敵な家族が暮らしているんだから」

我が家

男にとって、自分の家を持つことは叶えたい夢の一つである。

吉村さんはその夢の為に働いてきたと言っても過言ではなかった。

幼い頃に両親が離婚し、吉村さんは一家団欒《だんらん》というものに憧れを抱きながら育ってきた。

いつの日か自分の家を持ち、穏やかで平凡な日々を送りたいと願ってきたのである。

多恵子さんという伴侶を得て、遼太君という一人息子もできた。

一家団欒のほうはクリアである。

残る夢は持ち家だが、これも身を粉にして働きに働き抜いたおかげで目途が立った。

とはいえ、金に糸目を付けずとはいかない。

できるだけ出費を抑え、尚且つ理想の家に近づける為、頭を悩ませる日々が続いていた。

その日も吉村さんは休憩室で愛妻弁当を食べながら、ハウスメーカーのパンフレットを広げていた。

「おや、いよいよ一国一城の主かい」

柔らかな声で親しげに話しかけてきたのは、守衛の植松さんだ。

常に笑顔を絶やさず、社員からも訪問者からも評判が良い。

上品な物腰と白髪から、一部の女子社員は密かに執事さんと呼んでいるぐらいである。

「ほほう、最近のハウスメーカーは工夫を凝らしてますな。どこに決めたんですか」

「まだ検討中でして。良いなと思うところは、やはり予算がね」

「私ね、この仕事を始める前、こういうことをやってたんです」

笑みを浮かべた植松さんは、財布から何かの紙を取り出してテーブルの上に置いた。

植松設計事務所と記された名刺であった。肩書きには二級建築士とある。

吉村さんは名刺と植松さんを何度も見比べてしまった。

「はは、見えませんか。二級建築士」

植松さんは照れ臭そうに頭を掻いている。

「驚いたな。昔からずっと守衛さんだと思ってました」

植松さんは真顔に戻り、意外な話を切り出してきた。

確かに守衛になって長いが、前職では数多くの家を建ててきた。

長年、仕事の相棒でもあった愛妻を亡くし、事務所を閉めたのだという。

「吉村さんが家を建てると聞いてね、久しぶりに腕を振るいたくなってきたんだ。料金はいらない。こう見えても生活には困ってない」

実際に見てもらって、納得がいったら使ってくれればいい。

良ければ知り合いの工務店も紹介する。世間一般の価格よりかなり安く仕上がるはずだ。

設計図を引かせてくれないだろうか。植松さんはそう言って頭を下げた。

そうまで言われて断るほうがおかしい。今度は吉村さんが頭を下げる番であった。

三日を費やし、植松さんは吉村さんの希望を丁寧にまとめていった。

それから更に四日かけ、植松さんは最初の基本設計図を仕上げてきた。

それを基にして尚も時間を重ねていく。話し合いの機会を持つ度、吉村さんは植松さんに絶対的な信頼を持つようになっていった。

二カ月後、とうとう実施設計図が完成した。吉村さんの希望を全て満たし、尚且つ予算にかなり余裕を持たせた完璧なものである。

工務店との顔合わせのときも植松さんは同席したのだが、業者から信頼されている様子が見て取れた。

その日の別れ際、植松さんは吉村さんの手を握り、瞳を潤ませて言った。

「ありがとう、家を作らせてくれて」

感動したのは吉村さんも同じである。声を詰まらせて答えた。

たという。


「こちらこそ。どうか、これからも家族の一員として末長く付き合ってください」

最良の友達となる条件に年齢は必要ない。吉村さんは植松さんと出会えた奇跡に感謝したという。


爽やかな秋晴れの日、無事に地鎮祭を終え、工事が始まった。

しっかりした土台が築かれていく。上棟式も支障なく行われた。

植松さんは頻繁に訪れ、作業を見守ってくれている。

全て順調のはずであった。

その日、いつものように出勤した吉村さんは、正門前に人だかりができているのを見つけた。

誰か倒れたらしく、救急車が停まっている。

覗き込むと、今まさに植松さんが運び込まれるところであった。

顔色が青を通り越して紫色に変わっている。発見されたときには、既に呼吸が止まっていたという。

こうして植松さんは、自身の最後の作品である吉村家の完成を見ることなく旅立ってしまった。

翌日。

吉村さんは、作業を見守りながら植松さんとの思い出に浸っていた。

「あれ、おかしいな」

どうかしたのだろうかと見ると、工務店の責任者が設計図を凝視して首を捻っている。

責任者は設計図を広げ、吉村さんに話しかけてきた。

「ここなんですけどね、僕が覚えている限り、こんなスペースはなかったように思うんです」

指さした先は二階の居間だ。確かに責任者が言う通りであった。

以前は空白だった場所に何か書き加えられている。

「床の間ですかね」

「でしょうね。一間あるから割と広いですよ。襖二枚分ぐらいです」

居間に床の間なら、別におかしくも何ともない。

いずれにせよ、あの植松さんの仕事に間違いがあるはずがない。

後から書き足したのなら、それは必要だったからだ。

吉村さんはそう責任者に断言し、図面に従うよう頼んだ。

一カ月後、吉村さんの夢が完成した。

玄関の扉を見ただけで泣きそうになったという。

「これが俺達家族の城だ」

声に出して言うと、余計に胸に迫ってくる。

「では、吉村家、出発進行」

号令一下、吉村さん一家は歓声を上げながら家に入った。

今までの狭かった風呂と違い、のびのびと足を伸ばせる浴槽。

トイレも最新のものだ。多恵子さんは台所に駆け込んだまま出てこようとしない。

遼太君も自分の部屋に御満悦である。

吉村さんは朗らかに笑いながら、居間へ向かった。

真新しい畳の匂いが心地良い。

「どうだい、気に入ったかい」

「ええ、最高ですよ」

答えてから悲鳴が湧いた。床の間に植松さんが座っている。

悲鳴を聞きつけた多恵子さんと遼太君にも植松さんは見えたらしく、二人ともが悲鳴に参加した。

植松さんは顔をしかめて吐き捨てるように言った。

「うるさい家族だな。仏間では静かにするもんだよ」

それからずっと、植松さんは吉村家にいる。

余りにも力が強く、除霊できる人間は見つからない。

仏間には大型仏壇が運び込まれた。支払いが済ませてあったのだけが不幸中の幸いである。

一度、除霊を試みたのだが、やってきた専門家はこの仏壇を見るなり諦めて帰ってしまった。

どこで作らせたか見当も付かないが、とてつもなく強力な代物らしい。

安住の地を得た植松さんは、家の中を自由自在に飛び回り始めた。

何かというと家族の間に割って入ってくる為、吉村家には一家団欒の時がなくなったという。

完全無視

大石佳穂さんが平沼佳穂と名前を変えて一年目、待ちに待った自宅が完成した。

早速、平沼誠二、佳穂と名前が並んだ表札を二人で手を添えて玄関に掲げてみた。

「結婚して二度目の共同作業だね」

そう言って微笑む夫に、佳穂さんは感謝の意を込めたキスを返す。

幸せが具現化した瞬間であった。

だが、程なくしてその幸せは無残に砕け散った。

原因は夫、正確に言えば夫の過去である。


付き合う以前から、女性関係が派手な人だとは聞いていた。

そういうこともあるにはあったが、何年も前から真面目一本やりだと本人自らが誓約しただけあって、誠二さんは家庭を第一に考える愛妻家であった。

本人曰く、過去の恋愛にしても二股を掛けたことはなく、きちんと清算は済ませてきたとのことであった。

だが、全ての女性が納得していた訳ではなかった。

菅野涼子。

プロポーズされた夜に、真剣な顔つきの誠二さんから知らされた名前である。

もう何年も前に別れているのだが、今でも自分が恋人だと信じているらしく、ストーカーまがいの行動を取るそうだ。

何かしでかすかもしれないから、顔を覚えておいてくれと写真を見せられた。

デパートの化粧品売り場に勤めているとのことで、化粧映えのする二十代の美人であった。

いつ乗り込まれても構わないように覚悟を決めていたのだが、結局のところ何事も起こらなかった。

さすがに諦めたのだろうと安堵した二人の気持ちを見透かしたように、涼子は現れた。

事もあろうに結婚式の二次会である。

見かけた瞬間の誠二さんの顔は今でも忘れられないという。

涼子は、ただ黙って壁に寄りかかって微笑んでいるだけである。けれど、そのほうが扱いに困った。

大声を上げるなり奇態な行動に出てくれれば、それなりに対処できるのだが、何もしないで立っているだけの者を追い出すのは、却って目に付いてしまう。

その途端、暴れ出すかもしれない。

対応に苦慮する二人に小さく手を振り、涼子は会場から出ていった。

それが最初で最後である。その後、涼子は二人の前に現れることはなかった。

蜜月期間も無事に過ぎ、誠二さんの仕事も順調である。

若くして係長の座を射止め、小さいながらも自宅を手に入れた。

正に順風満帆の新婚生活であった。次は子供だ。できれば男の子が二人、女の子が一人。

子供達に囲まれ、笑顔の絶えない家庭にする。

それが佳穂さんの夢であった。


新居で暮らし始めて二週間が過ぎた。

初めての結婚記念日を迎え、二人は三ツ星のレストランで食事を楽しんだ。

上機嫌で帰宅した二人は、玄関を入った途端に異変に気付いた。

消して出たはずの居間から灯りが漏れている。

そもそも、居間のドアも閉めたはずだ。

「君はそこにいろ」

小声で言い残し、誠二さんはそっと靴を脱いだ。立てかけてあったゴルフクラブを右手に下げ、居間へ向かう。

居間の窓が向いている方角は畑に面しており、泥棒が入るには持ってこいの環境である。

佳穂さんは携帯電話を取り出し、いつでも警察に通報できるようにして見守った。

居間を覗き込んだ誠二さんが、そのまま後ずさってきた。

「くそっ、あの女」

それだけ言うのがやっとのようだ。

「どうしたの、あの女ってまさか」

自分も確認しようと靴を脱いだ途端、誠二さんが怒鳴った。

「涼子が死んでる」

想像を絶する答えに一瞬怯んだが、佳穂さんは自らの目で確認するほうを選んだ。

真っ先に目に付いたのは、血であった。

涼子はウエディングドレスを着て、ソファーに座っていた。

元々は純白のドレスであっただろうが、今は血まみれである。

耳から耳へと自ら切り裂いたらしく、ぱっくりと開いた傷口がネックレスのようだ。

そんな悲惨な傷を見せながらも、涼子は笑顔で死んでいたという。

佳穂さんのお気に入りのソファーも、フローリングの床も、夫婦二人で決めた壁紙も全てが血で彩られていた。

居間の窓が割られ、そこから侵入したものと思われる。

佳穂さんは恐怖よりも、大切な家を滅茶苦茶にされた怒りで身体が震えたという。

警察官は、パトカーではなく普通のワンボックスの車両で到着した。

既に死んでいるのは明らかであるということで、涼子の遺体は袋に入れられて運ばれていった。

それから二時間ほど掛け、二人は事情聴取を受けた。

黙っていてもどうせ分かることだろうからと、誠二さんは正直に涼子との関係を説明した。

一年以上も接触がないということと、夫婦二人で外食をしていたという二点を主張するまでもなく、警察は自殺と判断しているようだった。

事情聴取中に母親と連絡が付いていたらしく、佳穂さん達が知らなかった事実を教えてくれた。

誠二の正直な対応が良かったとも言える。

涼子は精神疾患で入退院を繰り返しており、自傷行為も止まらなかったという。

今朝も退院してきたばかりで、母親には「もう大丈夫。今日は二人の記念日だから」と笑ったらしい。

「災難でしたね」

担当に当たった警察官は、そう言い残して帰っていった。

割られた窓から入ってくる夜風に震えながら、佳穂さんと誠二さんは途方に暮れた。

血まみれの部屋をどうやって復旧させればいいのか見当も付かない。

とにかく、水拭きが可能な場所は二人で協力して掃除し、壁紙も貼りかえる。

残念だが、ソファーは捨てるしかない。

そう結論が出た。

本当なら、家そのものを建て替えてしまいたいぐらいだったが、幾ら稼ぎが良いとはいえ、そこまでの資金はない。

家中の布をありったけ集め、ゴミ袋も用意し、二人は掃除に取り掛かった。

大量の血が布を通して、ゴム手袋までも染めていく。

嘔吐《おうと》を必死で堪えながら、佳穂さんは拭き続けた。

「おい。佳穂。ちょっと耳を貸して」

何事かと耳を傾けた佳穂さんに顔を寄せ、誠二さんはそっと囁いた。

「窓際に涼子が立っている。嘘じゃない。悪い冗談でもない。おまえにも見えるかどうか確かめてほしい。けど、何げなく見てくれ。それと、絶対に目を合わせるな」

呆れるより先に腹立たしくなり、佳穂さんは誠二さんを睨みつけようとした。

その視界の片隅に涼子が見えた。

誠二さんが言う通り、窓際に立ってこちらを見ている。

首の傷もそのままに、血に染まったウエディングドレスで笑っている。

誠二さんは、返事もせずに固まった佳穂さんの様子で判断できたらしく、再び顔を近づけて囁いた。

「いいか、佳穂。無視しよう。怖がったら俺達の負けだ。あんなものはいない」

誠二さんの意図を理解した佳穂さんは小さくうなずき、立ち上がって背伸びをした。

「ねえあなた、あたしお腹空いたわ。あとで駅前にラーメン食べに行かない？」

「お、いいね。じゃあ俺はこってりニンニク増量で」

「いいけど、おやすみのキスはおあずけよ」

そう言って佳穂さんは、とっておきの笑顔を見せた。


翌朝、朝食の用意をしながら、佳穂さんは背後に立つ涼子に気付いた。

思わず悲鳴が出そうになるのをあくびでごまかす。

誠二さんは新聞に集中し、涼子から視線を外している。

誠二さんが出社した後は、佳穂さんは涼子と二人きりだ。

涼子はここぞとばかりに、前に立ち、後ろを漂い、自らの存在を訴えてくる。

佳穂さんは必死で無視し続けた。どうしても悲鳴が漏れそうになるので、大きめのマスクをした。

帰宅した誠二さんを出迎える佳穂さんの隣に、三つ指を着く涼子がいる。

誠二さんは敢えてずかずかと涼子を通り抜けていこうとした。

途端に涼子はするりと避ける。どうやら生体との接触は避けたいらしい。

夕飯のときも涼子はテーブルを囲んでくる。入浴時、背後に立っているのが鏡越しに見える。

時を選ばずありとあらゆる場所に現れ、嫌がらせをしかけてくるのだが、佳穂さんも誠二さんも完全無視を続けている。

『絶対に存在を認めない』が二人の掲げた標語だ。

だからこそ、御祓いや除霊は頼めない。それは存在を認めてしまうことになるからだ。

一つだけ幸いだったのが、涼子が首を切って死んだことだ。

そのせいか、声が出せないようなのだ。

今後、いつまで続くか分からないが、二人はあの家を売るつもりはないそうだ。

最近では、涼子が見ているのを承知で性交も行う。

ただ、問題はそこからだ。

生まれた子供が成長し、もしも涼子が見えたらどうするか。

怖がるなと言っても無理である。上手い解決方法が見当たらず、今の時点では避妊するしかないという。

子供達に囲まれ、笑顔の絶えない家庭にするという夢は叶いそうにない。

もしかしたら、もう負けているのかもしれないと佳穂さんは言った。

自己責任

片野さんが住む町内には空き家が何軒かある。

そのうちの一軒が幽霊屋敷と噂されて久しい。

世間一般の常識からすれば、そのような噂が広まっても何の得にもならない。

野次馬が集まると治安も悪くなり、土地の値段にも影響を及ぼす可能性が出てくる。

では何故、幽霊屋敷として存在し続けているのか。

その理由を片野さんが教えてくれた。


元々は四人家族が暮らしていた家であった。

詳しい理由までは伝わっていないが、御主人が失業したのが不幸の始まりだ。

ローンが払えなくなり、相談した専門家が最悪だったらしい。

しなくてもよい自己破産を強制された上に、任意売却を悪用された一家は気が付くと闇金融に追い込みを掛けられる状況に陥ったのだ。

その当時のことを片野さんもよく覚えているという。

身なりの整った男が数人がかりで生活状況の聞き取り調査をしたり、月に何度も電報が届いたりすれば、怪しいと思わざるを得ない。

とうとう売却が成立し、新しい持ち主が引っ越してくる日、家族は旅立った。

ただし、その行き先はあの世である。

自分達の全てと言ってもいいマイホームで一家心中を果たしたのであった。

驚いたのが新しい住人である。これから住もうかという矢先の出来事としては最悪である。

かなり揉めたようだが契約は反故にされ、家は次の買い手を待つこととなった。

物件そのものに問題はない。四人家族には最適の間取りであり、随所に使いやすい工夫がされていると聞く。

当然ながら破格値だ。何度か問い合わせがあったようで、一時は頻繁に客が訪れていた。

中には実際に暮らし始めた家族も何組かいるのだが、それがまた新たな悲劇を呼んだ。

一年どころか、半年を無事に過ごすことがなかったという。

自殺、事故死、病死、種類は問わず、一家の主は必ず死ぬ。

それですぐに家を出るならよし、それでも住み続ける家族は次の犠牲者を迎えることになる。

町の住民は、あの家は他人を受け入れたくないのだろうと結論を出した。

別に放置しておいても良いのだが、不幸な家族の姿などは何度も見たいものではない。

葬儀がある度、そんな恐ろしい家があるのだという現実を思い知らされてしまう。

それを防ぐ最も簡単な方法は、悪い噂が流れることだ。

何なら物件を見にきた家族に、そっと耳打ちするだけで終わる。

勝手な理屈を正義と信じた町民達は、不動産会社の思惑など完全に無視し、営業妨害寸前の裏工作を続けていた。

が、事態は町民達の思惑を通り越して、とんでもない方向に進み始めてしまった。

町内に古くから済む老夫婦が、何とその家を購入し、引っ越したのである。

もちろん、事情を知らないはずがない。むしろ、率先して悪い噂を流していたぐらいだ。

老夫婦は他の住人達の説得を無視し、三カ月後にまずは妻が病死を遂げ、続いて夫が後を追った。

この件で町は揉めに揉めたという。

十分に危険だと知っていた夫婦が何故暮らし始めたのか。

答えが出ないまま何カ月か経った頃、またもや同じように引っ越す家族が現れた。

今回も一連の流れを最初から知っている家族である。

片野さんは、その一家と家族ぐるみの付き合いがあった。

購入すると聞いた片野さんは、取るものも取り合えず一家に会いに行った。

応対に出た主人を問い詰めたが、まるで話にならない。

奥さんも、高校生になったばかりの娘も曖昧な返事を繰り返すばかりだ。

それでもしつこく説得を繰り返す片野さんに向かい、主人は灰皿を投げつけてきた。

「呼ばれたんだから仕方ないだろが」

危うく額を割られかけた片野さんは、這々《ほうほう》の体で逃げ出したという。

結局、誰の説得も受け入れず、その一家も件の家で暮らし始め、主は四十二歳という若さで病死した。

残された二人は、奥さんの実家に引っ越した為、無事であった。

いったいこの家はどうしたいのだ。自分達だけで暮らしたいのか、他人に住んでほしいのか、訳が分からないではないか。

その問いの答えを思いついたのも片野さんである。

もしも自分があの家で死んだらどうなるかと、想いを巡らせているときに出た答えだ。

あの家で死んだのは最初の一家だけではない。もう何人も死んでいる。

ならば、後から死んだ者の無念もあって然るべきだ。

俺が何でここで死ななきゃならないのだという思いが、同じ不幸を強いているのではないか。

仲間を増やしたいものが招き、住んでほしくないものが殺していく。

あの家にはそういう最強のタッグが存在している。

片野さんの推測を聞かされた者達は全員が納得したという。

このまま放置しておけないという点も全員が認めるところであった。

これ以上、町民から犠牲者は出したくない。

ところが物件はなかなか売れそうにない。

販売を担当している不動産会社も殆ど諦めているようである。

一旦、更地にして寝かせておき、新しく宅地として売り出そうという方向で話が決まりかけたらしい。

事実、工事の案内が付近の住民に配られた。

ところがその日のうちに、片野さんの左隣に住む老人が電話したらしい。

「新しい家にしても出るものは出るよ。間違いなく死ぬだろうな。そうなったら、また悪い噂が流れるかもしれないね」

何故そんな犯罪めいたことをしたのだと問われ、老人は憤慨して言い返した。

「あの家が壊されたら、中にいるもの達は私らの家に住み着くかもしれない。それでもいいんだな、あんたらは」

聞いていた全員がぐうの音も出なかった。

では、どうしたらいいのか。納得のいく案を提示できたのも、その老人だけであった。

それを上回る打開策は現れず、全員一致で採用されたのである。

その方法はとても簡単だ。

【心霊スポット探検に来る者を生贄《いけにえ》にする】

危険な場所だと分かっていながら、徒党を組んでやってくるような連中は、何人かいなくなっても世の中に大きな影響はないだろう。

それが町の総意である。

足を踏み入れただけの人間でも対象になるかどうかは賭けであった。

訪れた者がどうなったかまでは分からないが、どうやら家は満足したらしく、今のところ町民から犠牲者は出ていないという。

僕の好きな場所

十年ぶりに降り立った故郷の駅から見える景色は、全く変わらない。

芦田さんは背伸びと深呼吸をセットで終えると、改札口に向かった。

高校卒業と同時に父親が転勤し、それ以降は来たことがない町である。

さすがに駅前は開発が進んでいた。芦田さんが高校生の頃は、ファーストフードの店すらなかったのだ。

「梨花ちゃん、こっちこっち」

人の目も気にせず、スーツ姿の男性が満面に笑みを浮かべ、両手を大きく振っている。

苦笑を浮かべ、芦田さんは胸の辺りで手を振り返した。

「変わらないなぁ、梨花ちゃんは。ええと、先に物件見に行きますか」

「お願いします。ほんと、助かったわ。秋山君が家業を継いでくれて」

「いえいえ、こちらこそありがとうございます」

いきなりのセールストークに笑いながら、芦田さんは秋山不動産と書かれた車に乗り込んだ。

車は、市内を横切る大きな川を越え、左に曲がった。

「うわ。凄い」

芦田さんが驚いたのも無理はない。

辺り一面、家で埋め尽くされている。どうやら新興住宅地らしく、人の姿は余り見かけない。

そのうちの一軒の前で車は停まった。

「ささ、どうぞどうぞ。新婚さんに相応しい家だよ」

風通しの良さそうな大きな窓、光が溢れた庭、青い屋根が可愛らしい。

事前に届いたメールに画像は添付されていたが、実物のほうが何倍も素敵だ。

芦田さんは一目惚れしてしまった。

「旦那さんは見に来ないの」

「引き継ぎがなかなか終わらないんだって。こっちの会社は一日も早く来てほしいらしいけど。だから家もあたし一任でオッケー」

「この町、気に入ってくれるといいね」

「大丈夫だと思う。大好きな君が生まれ育った場所なら、きっと僕も好きになるって言ってくれた」

うひゃあ、思わぬ御馳走喰らっちまった。秋山は笑いながら玄関に近づいた。

「あっと、ちょっと待ってね」

玄関先が泥で汚れていたらしく、靴で払いのけている。

「はいお待たせ。ここが新婚さんにお勧めの物件です」

ドアを開けた瞬間、湿気を帯びた空気に包まれたという。

それには、微かな異臭も含まれていた。

が、秋山は何も感じないように、快活に説明を続けている。

己の気のせいにして、芦田さんも歩を進めた。

湿気と臭いは台所に近づくにつれ、顕著になっていった。

中古とはいえ高い買い物である。我慢できないほどではないが、湿気はともかく異臭の原因は突き止めておきたい。

芦田さんは思い切って言った。

「秋山君、何か臭わない？」

「え。いや別に」

とぼけている訳ではなさそうだ。

臭い以外は合格点を付けられる物件であり、芦田さんは購入を決めた。

入居後のメンテナンスも任せてと秋山が胸を叩く。

「さて、今日はこれからどうするの」

「同級生と会う予定よ。その後はおばあちゃん家に泊まるの」

「おお、みんなによろしく」

町の中心部で降ろしてもらい、待ち合わせの店に急ぐ。既に何人か集まっており、酒宴が始まっていた。

「おっ、新婚さん登場だ」

更に場が盛り上がる。

どこに住むのか問われた芦田さんが先ほどの家の場所を告げた途端、場の雰囲気が変わった。

「それって、川を渡って左？」

その通りだと答えると、部屋は沈黙で満たされた。

一人が意を決したように口を開いた。

本来ならあの辺りは家を建ててはならない場所だという。

それは芦田さんが高校を卒業し、故郷を出た翌年のこと。

あの辺りには沼があったのだが、それを埋め立てて宅地にしたそうだ。

次々に住宅が建ち、入居者も増えてきたのだが、どの家にもおかしな共通点があった。

室内が湿気を帯び、異臭が漂うのである。

もしかしたら埋め立て方に原因があるのではないかとの苦情を受け、不動産会社が調査したのだが、宅地自体に問題は見当たらない。

それでも納得いかない住民と不動産会社で何度も話し合いが持たれたが、双方とも納得のいく案は見つからなかった。

耐えかねた一軒が売りに出されたのが引き金である。

他の家も続々と売りに出されたが、買い手が付いたのは僅かであった。

今ではゴーストタウンと言っても良いぐらいの状況である。

「実はね、その沼がヤバいのよ。お年寄りしか知らないらしいんだけど」

意外と深く、底が泥と水草の沼であった。

一度でも足を取られたら、必ず溺れ死ぬ為、普段なら誰も近寄らない。

だが、戦時中に町が焼夷弾で焼かれたとき、沼は水を求める人で溢れたのだという。

入ったら死ぬ、入らなくても死ぬ、かつてそんな状況があった沼を埋めたのだから、出ない訳がない。

建てられた家を自分達への供養と思っているのではないか。

年寄り達はそう噂し合っていたそうだ。

事実、何人か目撃者が現れた。泥の塊のような人型のものが現れたと、全員が口を揃えて言った。入り込まれた家は、その証拠として玄関先に泥の足跡が付くらしい。


「誰がそんな場所、紹介したのよ」

問われた芦田さんは秋山不動産の名前を出した。

「それ、秋山君が後を継いだ会社でしょ。沼を埋めたの、秋山不動産よ」

絶句する芦田さんを哀れに思ったか、一人が携帯電話を取り出し、秋山に連絡を取った。

電話口に出た秋山と話しているうち、言葉が荒くなってきた。

「おまえふざけんなよ、知らない訳ないだろ。おまえんところが埋めた宅地だろが」

芦田さんは覚悟を決めて電話を替わってもらった。

「秋山君、芦田です。説明してもらえますか」

一呼吸置いて秋山は笑った。粘っこい笑い声であった。

「説明も何も、家を売るのが僕の仕事ですよ。良い物件です、何もありませんてば。僕は好きだなあ。僕が好きな場所なら、きっと君も好きになるって思ったんですけど」

芦田さんは電話を切り、テーブルにあったおしぼりで自分の耳を無我夢中で拭いた。

あの粘っこい笑い声が耳にこびりついて取れなかったからだという。

当然ながら交渉は中断し、芦田さん夫婦は大手の不動産会社が建てたマンションを買った。

その後、秋山の会社は倒産し、秋山自身は消息を絶った。

新興住宅地は大手企業が買収し、今では巨大なショッピングモールになっている。

芦田さんも開店当初に行ってみたのだが、一度きりで止めたそうだ。

どの出入り口にも、泥の足跡が付いていたからである。

あの子の部屋

山村さんの話は、今年の春の部屋探しから始まる。

と言っても、探していたのは大学時代の親友である戸川さんだ。

しばらく地元で働いていたが、山村さんが暮らしている市に転職が決まったという。

部屋探しに付き合ってほしいと言われ、山村さんは快諾した。

戸川さんは既に幾つか候補地を検索済みであり、事前に下調べをお願いできないかとのことだった。

「ディナーフルコースで引き受けるわ」

「オッケー、それじゃ良いラーメン屋も探しておいて」

数年間のブランクを感じさせない冗談がすぐに返ってくる。

在学時代は、女性漫才師としてデビューしようかと本気で考えたほどである。

これからが楽しみでならない。

山村さんは颯爽《さっそう》と目的地に向けて出発した。

戸川さんから受け取った候補地は全部で三つ。

いずれもワンルームマンションを探してほしいという依頼だ。となれば、部屋自体にそれほど違いは見られない。

どう工夫を凝らしたところで、ワンルームはワンルームである。

比較対照すべきは交通の便と周辺環境。

そのほうが判断もしやすいと考えた戸川さんは、候補地に挙げられたマンションまで足を運び、念入りに調べ始めた。

その結果、三件まで絞ることができた。

まずは一件目。外装に手を入れたばかりらしく、外見は満点。内装までは見られないが、この分だと問題はないだろう。

部屋代もそこそこである。ただ、周辺環境が最悪であった。

駅から徒歩で十分、その間に飲み屋街がある。どう工夫してもその通りを横切らねば帰れない。路上にゴミが散乱し、下品な看板が目に付く。帰宅する時間帯によっては、酔客が溢れているに違いない。

ということで一件目、没。

周辺環境という点において、二件目は最高であった。

静かな住宅地で、窓から森が見渡せる。駅まではやや遠いが、徒歩圏内だ。

ただし、古い。資料を見ると、建てられたのは山村さんの父親が産まれた年である。

その割に部屋代が微妙に高い。

二件目も没。

最後のマンションを見たときの、何とも言えない感覚を山村さんは今でも思い出せるという。

明るいのに暗い。どこがどうという訳でもないが、沈んだ感じがする。

そんなふうにしか表現できない建物であった。

かなり以前に建てられたようだが、度々外壁工事がされているらしく、古びた印象は受けない。

周辺環境は抜群だ。駅の裏側に当たるせいか、良く言えば落ち着いた、悪く言えば寂れた雰囲気に満ちた町並みである。

駅の正面には大きな商店街があり、日常の買い物には苦労しない。

雰囲気の良いレストランや洒落たカフェもある。

パチンコ屋が二軒、裏通りには飲み屋街もあるが、近づかなければ良いだけの話だ。

候補としては高得点である。

が、山村さんは迷った。

最初に感じた違和感がどうしても拭えない。

マンションの裏手に回り込んで、全体を眺めてみた。

陽当たりの良いベランダは風通しも良さそうだ。

干してある洗濯物から判断すると、入居者はそれほど多くない。

見渡す山村さんの視線が、四階の角部屋に釘付けになった。

陽光溢れる中、その部屋だけが薄暗いのだ。近くに日陰を作るような高い建物はない。

これ以上見ていても仕方ない。というか、何となく見ているのが嫌になってくる。

とりあえず調べた結果を見せて、あとは戸川さんに任せることにした。


「平日に休み取ってもらってごめんね。それにしても相変わらずお美しい」

「そちらこそ……まぁいいか」

「何よそれ」

久しぶりの会話を楽しみつつ、山村さんは調査結果を報告した。

「ふむふむ。御苦労であった。褒めてつかわす」

戸川さんはふざけながら資料を見ていく。

「ああなるほど、周辺環境ね。部屋の内装とかは自分で何とかできるけど、周辺は何ともならないわよね」

さすがだねー、えらいねー、と頭を撫でてくる。

「お。これいいじゃん。美味い店が近くに沢山あるってのはポイント高いよ」

「やっぱりそれを選んだか」

学生の頃も二人でよく食べ歩きしていたことを思い出し、山村さんは苦笑した。

ただ、やはり気になるのは第一印象で感じた違和感だ。

山村さんは、感じたそのままを正直に伝えた。

「明るいのに暗いって何それ」

「分かんないけどさぁ。もしかしたらお化けが出たりして。だって、こんな良い条件なのに結構空き部屋多いのよ、ここ」

何げなく言った自分の言葉が正解のような気になってきたという。

けれど、個人の感覚だけで候補から外すには惜しい物件であるのも確かだ。

とりあえず実際に物件を見せてもらおうと、二人は不動産屋に向かった。

接客に出てきたのは、寺田という中年男性である。

「あぁはいはい、あれは良い物件ですよ。よろしければ今から内装を御覧になりますか」

寺田は、接客業の鑑のような笑顔を見せた。

怪しむべき態度は微塵もない。

「あのですね。一つ伺ってもいいですか」

「はい、何なりと」

「これ、良いマンションだと思うんですが、何で空いてるんですか」

失礼極まる質問である。隣で戸川さんも呆れているが、山村さんは敢えて訊ねた。

寺田は再び笑顔を見せた。

「正直に言うと、よく分からないんです。僕らとしては自信を持ってお勧めできる物件なんですが」

寺田は、まっすぐに目を見て言った。答えにはなっていないのだが、それ以上突っ込みようがない。後は実際に部屋を見るだけだ。

寺田は社用車を運転しながらも軽妙な会話を絶やさず、おかげで二人は笑いっぱなしであった。

再び見たマンションは、やはり何か嫌な気配が漂っていた。

感じているのは山村さんだけのようで、戸川さんは寺田と話しながらエレベーターに向かっている。

とにかく行くしかないと自分に言い聞かせ、山村さんも後に続いた。

「当然オートロックです。女性の独り暮らしには最適だと思いますよ。実際、今のところ入居者は全員女性です」

入ってしまえばどうということはなかった。

マンションのエントランスも、エレベーターホールも綺麗に磨き上げられている。

「はい、ここです。四〇八号室。鍵は最新のものに付け替えてます」

四階の角部屋。下調べに来たとき、ベランダが妙に薄暗かった部屋だ。

寺田が薄いグレーの扉を開けた途端、山村さんは軽い立ちくらみに襲われた。

すぐに回復したが、抑えていた不安が再び頭を持ち上げてくる。

玄関に立ち、睨みつけるように室内を見た。

窓の外は青空が広がっている。

フローリングの床は塵《ちり》一つない。

寺田が窓を開けると、爽やかな風が入ってきた。

ずっと親元で暮らしていた戸川さんは、初めてのユニットバスが嬉しいらしく、歓声を上げている。

台所も目立った汚れはない。

そこまで確認した後、まるで水中に潜るように深呼吸を繰り返して山村さんは室内に入った。

換気した室内は少し肌寒く、それが却って気持ち良い。

念の為、スマートフォンで室内のあちこちを撮影してみる。

これで何か写り込んだら、それはそれで怖いのだが、大切な友の為である。

幸い、どこをどう写しても異常はなかった。呑気なことに、戸川さんがピースサインを出して写り込んでいる。

結局、その日のうちに戸川さんは契約書にサインした。

来週早々の引っ越しである。

ここまで決まってしまえば、あとは動くだけだ。

山村さんは戸川さんを駅まで見送り、その足で引っ越し祝いを選びに行った。

色々な物が見たくて、デパートまで足を延ばす。

雑貨にしようか、調理用品にしようか、装飾品よりは実用品だな、いやここは敢えて縫いぐるみもありかも。

考えながら歩くうちに、山村さんはいつの間にか妙な物をじっと眺めている自分に気付いた。

仏壇である。

何故見ていたのか考えたくなかったという。

「やっぱりクッションにしようかな」

敢えて言葉にしながら、山村さんはその場を離れた。


週が開けて月曜日の夜。

無事に引っ越しを終えた戸川さんと待ち合わせ、山村さんは約束していたフルコースの食事に向かった。

駅前のラーメン屋である。

とりあえず旅行、いやテーマパークがいい、等々山積みの楽しみを話し合う。

最初の給料日は来月の二十七日、その先に連休が待っている。

戸川さんが大好きな海までドライブしようと決まった。

「では海に乾杯」

「あんたは海の男か」

それが最後の漫才であった。

その週の土曜日、戸川さんはマンションから歩いて数分の公園で首を吊った。

山村さんが戸川さんの死を知ったのは、翌日の朝である。

食事に誘おうと電話を掛けたところ、戸川さんの母親が出たのである。

自殺したと聞いて、山村さんは「嘘」としか言えなかった。

母親は今、あの部屋にいるらしい。娘が自殺した理由が分からず、何か手掛かりがないか調べている最中であった。

部屋には携帯電話も残されており、今にも帰ってきそうなのにと母親は泣いた。

山村さんはジャージ姿でサンダル履きのまま、マンションに向けて車を走らせた。

嘘、信じない、だって今度ドライブに行くって約束したじゃん。

その繰り返しだけが延々と頭を巡る。

マンションに到着し、車を降りた瞬間、山村さんは何度目かの違和感を感じた。

何故、もっと本気で調べなかったのだろう、自分の直感を信じるべきであったと後悔が圧《の》し掛かってくる。

あの部屋は扉が開け放たれ、中から泣き声が聞こえていた。

山村さんが声を掛ける前に、戸川さんの母親が気付いてくれた。

戸川さんは今、検死中とのことであった。

思い当たることはないかと訊かれたのだが、山村さんは首を振るしかなかった。

ついこの間、この部屋で楽しげに笑っていたのだ。

そう言えばそのときの画像がまだ残っているはずだ。山村さんはスマートフォンの画像フォルダを開いた。

ピースサインを出して笑っている画像を探す。

すぐに見つかったのだが、その画像に異変が生じていた。

ピースサインを出している戸川さんがいる。窓際にいるのは寺田だ。

それともう一人。うつむいて長い髪を垂らした女がいる。

女は黒い影のようなワンピースをまとい、僅かに床から浮き上がっていた。

「ほらやっぱり」

山村さんは溜め息のような呟きを漏らした。

泣き出したいぐらいに怖いのだが、この画像を削除する訳にはいかない。

戸川さんの母親に見せる為ではない。見せる相手は他にいる。

山村さんは警察まで同行したが、結局、戸川さんの遺体には会わなかった。

戸川さんとの思い出は笑顔だけにしておきたかったからだという。

自宅に戻った山村さんはスーツに着替え、出かける用意を終えた。

玄関先でもう一度、恐る恐る画像を確かめる。変化はない。

黒い女は一度現れた以上、消えるつもりはないようであった。

犠牲者が出てから姿を見せたところに、何とも言えない悪意を感じる。

ここはどうしても確かめておかなければ。

山村さんは自分の頬を叩いて気合いを入れ、車に乗り込んだ。

向かう先は、不動産屋。そこに、この画像を見せるべき相手がいる。


「いらっしゃいま」

寺田の言葉が途切れた。ついでに笑顔も途切れている。

「いやぁ、驚きました。この度は本当に御愁傷様で」

寺田は眉間にしわを寄せ、瞬時にして沈痛な顔にチェンジした。

その目の前に例の画像を突き付け、山村さんは無言で睨みつけた。

「あ。こんなのがいるのか。初めて見た。いや、怖いなぁ。やっぱりこれが原因なのかなぁ」

瞬く間に笑顔に戻り、寺田は悪びれもせずに言った。

可能な限り冷静に話し合おうと決めていた山村さんだが、寺田のこの言葉に逆上してしまった。

「これが原因なのかなぁってふざけないでください。自信を持ってお勧めできる物件だって言ってたじゃない」

「嘘は言ってません。自信はあります。死なれて困ってるのはこっちもなんです。その度ごとに契約のこととか大変なんだ」

山村さんは一気に冷静になった。今、こいつは大切なことを言った。

「その度ごとにと言いましたよね。そんなに何度も人が死んだんですか。それって確か、契約のときに言わなきゃならないはずでしょ」

寺田は、一瞬しまったというような顔をしたが、すぐに立ち直って反論した。

「あの部屋では死んでません。飛び降り、飛び込み、首つり、色々な方法で自殺されましたが、全て屋外です。だからあれは瑕疵《かし》物件ではありません」

「だったらこの画像を世間に広めてもいい訳ね」

「それは脅迫と受け取らせてもらっていいですか」

返す言葉が見つからず、山村さんは唇を噛みしめた。

出るところに出てもいいですよ。そう言って、寺田は最高の笑顔を見せた。

戸川さんの葬儀は、ごく少数の者だけで行われた。

山村さんは遠くからそっと手を合わせ、何度も何度も詫びたという。

それからも山村さんは、仕事帰りにあのマンションの近くを通っている。

一年で二度、借り主が変わったのを確認している。

あの画像を印刷し、それとなくポストにでも入れておいたらと計画したこともあったが、行動には移せていない。

あの女が何者なのか、必死で調べてみたのだが、結局何一つ分からなかった。

それどころか、今までに何人が自殺したかすら分からない。

素人では調べようがないのだ。

寺田に対して報復手段を考え、しばらくつけ回したこともあるそうだが、いざとなるとドラマや映画のようにはいかなかった。

今も寺田は当たり前のように出勤し、爽やかな笑顔を振りまいている。

一番良いのは、自分自身があの部屋を借りてしまうことだ。

部屋代だけ払い、実際には住まなければいい。

けれども、そんなことができるほど暮らしに余裕はない。

所詮、それが現実である。

自分にできることは、戸川さんの写真を持って海に行くことぐらいなんです。

そう言って、山村さんは泣きながら笑った。

悲願達成

牧田さんは、いわゆる【見える人】である。

公に吹聴したことはない。というか、知られてしまうと面倒なのだ。

面白半分に怖い話を望まれ、自分の守護霊を見てくれと頼まれる。

それだけならまだしも、この人はアブナイ人だと判断されてしまうのが一番困るという。

とにもかくにも、日常生活を送る上で全く役に立たない能力だそうだ。

当然、新しいアルバイト先でも秘密にしていたのだが、その努力は一週間で終わった。

アルバイトの教育係である永谷さんに連れられ、飲み会に参加したときのことだ。

永谷さんは凛とした印象を持つ美しい女性であり、言動の一つ一つが人目を惹いた。

その飲み会でも、隣席にいた男性グループの一人が話しかけてきたという。

礼儀正しく、美男子ではないが愛嬌のある顔つきの男性である。

これがコンパの会場なら、まずまずの当たりクジと喜んでいたかもしれない。

だが、牧田さんはそれどころではなかった。その男性の背後に憑いているものと目が合ってしまったのである。

それは多分、女。着ている服や体型はぼやけていて分からない。顔だけはハッキリと見えるのだが、ぐちゃぐちゃに崩れていて性別が判断できない。

にも拘わらず、何故か笑っているのが伝わってくる。

何をどうすればこんなものが憑いてしまうのか想像もできなかったが、とにかく牧田さんはこの男から永谷さんを離そうとした。

幸いにも永谷さんは、男の話に全く興味を示そうとしない。

諦めた男性は飲食に徹した後、仲間とともに店を出ていった。

ほっと胸をなで下ろした牧田さんのグラスにビールを注ぐ者がいる。

一緒に飲み会にきた小川さんだ。可愛らしい顔立ちの活発な女の子である。

左手が不自由な上に、左の足も引きずっているのだが、ハンディキャップをものともしない笑顔が素敵な子であった。

「お疲れさまです。あいつら出ていって良かったですね」

「あ、いえ別に私は何もしてないし」

小川さんは身を乗り出し、更に声を潜めて言った。

「牧田さん、アレ見えてたでしょ。あたしも少しだけ分かるんです」

突然の告白に驚いた牧田さんは、いったい何のことかとも訊かずに相手を見つめてしまった。

それが何よりの答えになっている。

案の定、小川さんは小首を傾げて微笑んだ。

「凄い顔でしたね。私、怖くって声も出せなかったのに、牧田さんは強いなぁ」

そこまで分かっているのなら、とぼける必要はない。むしろ、何も隠さずに話ができる相手である。その夜、二人は大いに盛り上がった。

それ以来、牧田さんと小川さんは急速に仲良くなっていった。


食事や買い物はもちろん、二人きりで旅をするまで親密になったのだが、牧田さんは一つだけ気になることがあった。

小川さんにケガが絶えないのだ。切り傷、打撲、火傷、酷いときには小指を骨折してきたこともある。

本人はそそっかしいと言い訳するが、余りにも頻繁すぎる。

そもそも、日常の仕事を見ている限り、そそっかしさとは無縁の人である。

もしかしたら、視力が衰えていたり、感覚が鈍っていたりするのではないか。

それが心配になった牧田さんは、小川さんの自宅を訪ねてみようと思い立った。

その日の勤務を終えて駅へ向かう道すがら、そう提案すると小川さんの様子が変わった。

それだけは駄目なのだという。両親には会わせたくないとも言った。

思い返せば、ここまで仲良くなったのに、小川さんは家族の話を一切していない。

「いや、別に娘さんをお嫁さんにくださいとか頼みに行く訳じゃないし」

冗談めかして言ったのだが、小川さんはうつむいたまま黙り込んでいる。

滅多にないことだが、長い沈黙が二人を包んだ。

ようやく顔を上げた小川さんは、何事か決意したようにうなずき、口を開いた。

「このケガ、父にやられたの。私、子供の頃からずっと虐待されてて。来月の誕生日で二十一になるから、もう十六年になる。左手は中学のときにやられて動かなくなっちゃって。左足は毎日蹴られてたから、膝がまともに動かないの」

牧田さんは絶句した。

沢山の人が行き交う路上にも拘わらず、涙が溢れて止まらなくなってしまった。

嗚咽《おえつ》を堪え、一言だけ「酷い」と漏らすのが精一杯である。

駅裏の公園に場所を変え、小川さんの話は続いた。

中学のときに一度、担任に相談を持ち掛けたことがあったそうだ。

こともあろうに、担任は両親を学校に呼びつけ、小川さんの目の前で虐待の有無を訊ねたらしい。

そんな状態で正直にやりましたなどと言う馬鹿はいない。

両親とも心底驚いた様子で否定し、その場は終わってしまった。

左手首をやられたのはその夜である。腱断裂という重症にも拘わらず、学校側にバレるのを避ける為、小川さんは医者にも連れていかれなかった。

自ら添え木をして包帯を巻き、激痛を堪えながら通学したという。

高校時代も、卒業して社会人となった今でも、父は酒に酔うと暴力を振るう。

母は心配そうに見ているだけだ。

「それが私の日常なんです」

小川さんは他人事のようにそう言って微笑んだ。

絶対に許すべきではない、法的な手段を取ってでも対抗するべきだと言う牧田さんに向かって、いつもの笑顔に戻った小川さんは小さく首を振った。

「いいんです。私、お金を貯めて逃げるつもりだから。沖縄で暮らしたいなって前から考えてて」

そういうことなら全力で応援すると牧田さんは約束した。

それからも小川さんのケガは続いている。

けれども、小川さんは明るい笑顔を絶やそうとしない。

昼休みになると、メモ帳に貼った沖縄の海の写真を眺めている。

一緒に暮らしませんかと提案され、牧田さんは本気で生活の手段を考え始めた。

あの夜の告白から三カ月経ったある日、牧田さんは小川さんに誘われ、再び駅裏の公園に向かった。

小川さんは開口一番、こう言った。

「牧田さん、今でも霊って見えますか」

唐突な質問に戸惑いながらも牧田さんはうなずいた。

自分から問いかけたにも拘わらず、小川さんは前を向いたまま何も言おうとしない。

ようやく口を開いた小川さんは、何か思い詰めている様子である。

「私ね、いつも不思議なんです。時々、虐待されて殺される子供がいるじゃないですか。あういう子供達って、何で殺した親を呪わないんだろうって。ものの分かった人によると、何をされても子供は親が好きだし、嫌われるのは自分が悪いからって責めるんだそうですよ」

そこまで一気に喋り、小川さんは憎しみに満ちた顔を見せた。

「そんなこと言う奴ら、大っ嫌い。自分がやられたことないから何とでも言えるのよ。怖いし、痛いの。凄く痛いの。にたにたしながら手首折るような奴のこと、好きな訳ないじゃない。殺された子達、本当に何で呪わないんだろ」

蓄積していた思いを全て言い尽くし、小川さんは惚けたように空を見上げた。

その頬を伝って、涙が次々にこぼれ落ちていく。

「沖縄、行けなくなっちゃった。私、馬鹿だな。暗証番号、自分の誕生日にしちゃってたから、全額引き落とされてた」

余りにも酷い、警察に訴えるという小川さんを、父親は母親の見ている前で何度も犯したという。

両親はその金で海外旅行に出かけたそうだ。

全て打ち明けたあと、小川さんは引きとめる牧田さんを振り切って電車に乗った。

胸の辺りで小さく手を振って微笑んでいた。

それが最後に見た小川さんの姿であった。


その夜、小川さんからメールが入った。

会えて嬉しかったという言葉に続いて、こんな願い事が記されてあった。